中国的圣诞

曾元沧／著

文汇出版社

中国的经济

宫玉振 著

笔端的情愿自觉

（序言）

中华悠久，风光无限。众生景贤，共仰尼山。

身为中国人，做中国文章乃情愿自觉，亦是天职荣光。

有道是泼水难收。窃以为著文当持重，否则有拂读者信任。

俯首向实地，倾心诉真情。锦绣虽不能至，力求可读，并有点新意。一以贯之，始终坚守。

文章写给世界看，倘能引发同宗同源者共鸣，或成荫于无心插柳，获得根生异域之不同肤色者喜欢，吾将引为幸事。

圣诞节即舶来之"洋货"乎？未必也！拙作《中国的圣诞》，追溯历史，列数子丑寅卯，旨在东西互见，于纵横捭阖中拓展思路，提升中华自家底气。

出于敝帚自珍，收进别他散文，有纪实颂英篇，有状物抒情篇，有采俚拾风篇，等等，宏微兼顾，缀合成集。

在"文字修行"中，深感学海无涯，个养浅薄，未知永远多于已知。是故，虽一直不敢怠慢，疏失仍在所难免。

请君驰目，不吝垂教。

曾元沧

2010 年 10 月 10 日

作者近照　　任全翔/摄

  复旦大学的校门，吞吐过多少岁月云烟，流淌过多少富有细节的精彩故事。2009年复旦新闻系建系80周年之际，我去了母校复旦，发现校门内侧不远处辟出了一条"望道路"，望道而敬仰前贤，自感渺小。数月之前回了一趟福建故乡，同胞亲妹妹元珠来老家看我，将这张照片交还到我手上，这是我意外的收获。从我能够记事的那天起至整个学生时期，我的单人照寥寥无几，而这仅存的一张就摄于复旦大学校门口。感谢妹妹醒了我一幕朦胧，还了我一个当初的身影。

目录

世博"首席参与者"

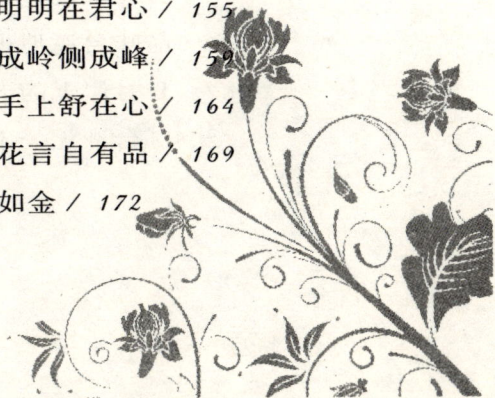

中国的圣诞

与文学青年E的对话

情为何物

法令纹

人的法令纹具有生命的法令意味。

因为有限而显得宝贵的生命总在前行，不舍昼夜，年复一年，疲惫了，老了，法令纹就会悄然上脸。不同的人，不同年龄段，法令纹深浅明暗有所差别，仅此而已。

人们一定注意到了，赵本山的法令纹就已经颇有深意了。从"二人转"到转影视，从农村转到城市，法令纹认真见证了日月的更迭轮回，仔细说出了大叔的辛勤劳碌。我想，本山本是一座山，坚强的男人，不会为之惆怅的，生命已经足够灿烂。小沈阳就不一样啦，活蹦乱跳，满脸春光好，显的是"法令不知何处去"——毕竟年轻。

大家也一定看到了，世博园西班牙国家馆的那个机器高智能巨婴，昵称"小米宝宝"，其法令纹并不比本山大叔的浅。儿童节当天，馆主给他挂上了中国特色的红肚兜，可爱加了分，但是如果单看他的脸，感觉上还是幼童老成，横着一个秋。何以至此？窃以为原因有二：一是太胖，肉往下宕；二是硬笑，这种笑没有收放，定格而成了两道深深的法令纹，与年龄不相称——毕竟是机器人。

早前，我对法令纹叫不出名字来，曾经费了不少口舌去描述：从鼻翼两侧起，沿着嘴角两边而下，越是年长，这皱纹就越长；岁月越深，这皱纹也就越深。回想起来，真是有点搞笑。

后来有人进行了"图解"，我才开窍于豁然：如果把双眉、双目理解为两横，把鼻梁理解为一竖，加上"八"字形的法令纹和紧闭的嘴，就成了一个"去"字。噢——去也，去也，岁月不居也！言者强调，法令纹的里侧和外沿是脸面神圣部位，如果出现非常状况不可瞎来来。此说多数中医都会认同，不知西医以为然否。

当时之所以那么费劲地去作描述，是私下里对一个朋友介绍著名诗人黎焕颐。黎老脸上的法令纹就特别深，那是长者风度，也是饱经风霜的纪念。蒙受了二十载的冤屈，五十岁才运转缘来当上新郎，那法令纹能不深吗？五年前，黎老出席了我的散文作品研讨会，抖擞诗家激情，真知灼见从他的法令纹中间汩汩而出，叫人难忘到如今。

出席作品研讨会，同样有着深刻法令纹的是林非老师。林老是中国散文学会老会长，我国散文界的大师级人物。日前，嘱家人给他致电，欲邀老师来上海看世博，才得知他已经耳背到了相当严重的地步。想起他与会时耳聪目明，谈吐中气十足，不禁有点感慨。在我眼里，他脸上的法令纹锁定是一种成熟和聪慧。"点石成金"之于我，有待造化，然而林老的不吝对我所引发的感动，不感动亦难。

法令纹不可抗拒，任何去皱化妆品对它都望而却步，哪怕去拉皮，又能怎么样？人要吃东西，还要说话，鼻翼和嘴角部位每时每刻都在努力，亿万次的张合打折，能不留痕迹乎？有人说过于多笑会增加皱纹，其实未必，"笑一笑十年少"，保持好心情，衰老就有望延缓。年轻人皮肤弹性好，如小沈阳，法令纹会现而复平，尽管开怀大笑，无须顾忌。

常态下，生命过程是渐进的，人不可能纹丝不动，长生不老，也不会朝丝暮雪，一下子老去。而真正到了法令纹深化，甚至延及下颌两侧，那也并不可怕。珍惜每一天，把想做的事做好，这才是对"生命法令"的自若与坦然。更何况，近黄昏照样有生命的殷切向往，照样有对明天的炽热宣言。

好一个法令纹！抬头不见低头见。

风雨桃花

桃花说，人言可畏。

它的话似乎不是没有道理的。好不扫兴，现如今全国那么多城市都选定了市花，有谁选中它呢？许多地方办过"桃花节"，只不过为了众所周知的那种需要，并非出于尊敬，至今还没有人奉它为一地之花魁，乐乐意意地将它搁在心上。

好端端的桃花被人说坏了。

什么"桃色新闻"、"桃花运"……说的几乎都是那层意思，这一副副枷锁实在太沉重啦！叫纤弱的桃花如何消受得了？一首《赠汪伦》的绝句为深厚友情树碑，也给当地村民汪伦立了传，李白看中的是可以承载深情的潭水，哪里曾把桃花放在眼里。一部《桃花扇》写尽了人间凄婉，还是无法唤起世人对它的怜爱。一曲《在那桃花盛开的地方》曾经唱红了全国，仍然没有改变它在人们心目中的地位。

它伤心，它委屈，越是"向客开如笑"，似乎就越是显出它的贱，越是讨人嫌。其实，这还不是世人偏心所致？它恨不得去咬一口梅，难道百花之中惟有你"骨中香彻"，别的花都是有色无"骨"不成。但它狠斗一闪念，没有这样做，只是默默，除了默默还是默默，依旧每年开出一树灿烂，结出桃果万颗。

它想，世人也真是，桃子几乎人人爱吃，就不想想没有花哪来的果，你厌嫌桃花就别吃桃果，那才前后一致不矛盾，那才不饮盗泉有志气呢。

想到此，它又暗暗觉得好笑，是人哪有不食人间烟火？除非上帝改造了人类，使世界上只有男人，或者只有女人，不然男女之间的恋情是无法避免的。"楚霸王纵横于千军万马之中，忘不了虞姬。周瑜、孙权，在他们那慷慨激昂的事业史上，也点缀着大乔小乔的艳迹"。何必岸岸然作正人君子状？至于你世人做出了"份外"的事儿，惹出了麻烦，为何把我扯进去呢？"桃色"和当事人的那种神色有何相似之处？他是他，我是我，为什么硬将他归到我的名下来呢？岂不是让我成了罪之源、恶之先了吗？……

哎，随他去吧。桃花还是想通了。

"竹外桃花两三枝，春江水暖鸭先知。"它踏踏实实地活，勤勤恳恳地开，不失时机地挤进了报春的行列。

春风绿新树，花燃山色里。淳朴的南国农人将清冽的泉水注进木桶，把饱满的谷种浸入其中，再折下一两枝桃花插于其上，留意观察它的变化，待到颜色有些发暗，花也不那么精神了，谷芽也就长出、长好了——原来桃花还可用作"计时"呢！这时候，闻"布谷"声声，看秧田似镜，映出了蓝天白云。

山坡下，桃林边，早起的农人结束了耕地作业，放下犁耙去给黄牛解套，在黄牛的屁股上亲切地拍了一巴掌，黄牛甩动尾巴，扬了扬首，向着不远处的草地一溜小跑而去，开始了劳作后的休闲，把紧张的另一端——轻松，撒娇似的表现给主人看。

八九点钟的太阳给返青的草地抹上了一层嫩黄。在鸟儿的啁啾声中，山村抖尽了惺忪，沸腾成了松涛，美丽成了桃花。

当会，从桃花源小学方向传来一阵阵锣鼓声，那是在欢迎海外游子归来。但见他们送给母校的一块大匾上，写着"桃李满天下，游子思故乡"十个大字，道出了襟怀里的澎湃情思。昔日天涯海角常相忆，今朝人面桃花相映红……

春天孩子脸，转眼间阳光敛却，换作了风儿习习，细雨霏霏。

桃花终于笑了，就为了"满天下"那句话！

摇篮

人类是在摇篮里长大的。从古至今,摇篮摇出几多人?黔首白丁自在其列,帝王将相宁有另乎?

说起摇篮,我便不由想起"摇"过我的温馨如许的"篮":一只是生我乳我的家乡,一只是育我智我的复旦大学。饮水思源,羔羊仰母,我永远铭记她们的恩泽。

又不得不说及"文革"了。当年我到郊区工作遭受非正常审查落难时,有人"内查外调"发函去我家乡。乡亲们接函后为我的命运担心,村里专门开会研究,决定由"秀才"文书执笔回复。他们在回件中明白写上:"他在家乡尚幼,科头跣足,潜心学业,并无不轨,'大串联'回乡,宝书不离身,亦无不当言论……"这位秀才留了底稿,多年之后出示于我,让人真的好感动。谈笑间,感到那个时代已经远去。家乡疼爱我、保护我,犹如不忍心砍去一棵用乳汁和汗水浇灌出来的树木。

日落日出,月缺月圆,我在郊区一呆就是八年。后来在老师和同学的帮助下,才实现"专业归队",厕身新闻工作者行列。入党之前,组织上对我进行必要的审查。《青年报》社派车把外调人员送到复旦大学新闻系(现升级为新闻学院),受到有关领导的热情接待。母校认真地介绍了我的所有情况，可能还少不了美言数语。具体不得而知，那是党内秘密。说句心里话，我当时之所以要求加入中国共产党，并非为了点击"官键"，只是一种崇高信仰执著着我的追求。红旗猎猎，国魂昭昭，我岂可游骑无归？母校了解我、成全我，犹如送子入伍当兵，走上了关山迢递的征程。

得泽于同一只摇篮是很有缘份的。说来也巧，今年元宵我回家乡，当地新闻界好几位朋友问我："你认识不认识黄芝晓？他也是复旦出来的。"我笑答："怎么不认识？他只比我低一届嘛。"找到了结合点，他们一个劲地夸他，说他每年如何如何深入基层调研，如何如何关心同仁和朋友，帮他们解忧解困，又是如何如何多才多艺，不但能写一手锦绣文章，他的摄影作品还得过奖哩。得人心难。一个人能在背后被这么多人说好，真不容易！这应了一位伟人的话，你为人民做了好事，人民是不会忘记你的。芝晓，你在福建辛苦二十年，值得！后来我才知道，他在福建日报工作期间经常到莆田蹲点调查，这固然是工作上的需要，也是"摇篮情结"的自然流露。他的出生之地在上海，而他的祖家在莆田涵江。我引这位念根的老同学为荣！

前不久，我到母校复旦办事，特地去拜访了黄芝晓。他还是当年读书时的个子，似乎一点也未曾长高。要说长，也有，那就是，当年他是新闻系学生，现在是新闻学院院长，还有那荡漾在他脸上的笑容，也是当年所看不到的。也许是因为事业有成、家事如意，也许是因为回到"摇篮"里培育桃李、回报师长栽培之恩，心情特别舒畅。我真切地看到了他今日的风采，也感喟我们这拨人一路走来是多么不容易。

说到人生的"摇篮"，芝晓补充道，其实除了家乡，还有教育我们的每个"站点"，包括幼儿园、中小学和大学，都是我们的"摇篮"。是啊，我们都不是从石头缝里蹦出的孙猴子，我们承接的爱，不单是来自父母、师长，还来自整个社会。正因为如此，大凡有良知之人，皆念根记情，都把奉献社会视作自己的天职，无不把努力多做好事当作自己的快乐。

想摇篮写摇篮，情思终于出落成了一棵大树，上面栖息着无数眷恋春光的鸟儿。望东方天际，烟霭如缯，在宇宙摇篮里长大的轰轰烈烈的骄子——太阳正红。

爱巢

外白渡桥北桥堍往东拐，不出百米，临江的一面就是海鸥饭店。一个壮丁的婚礼即将于华灯初缀夜幕之际在这里上演。平日，该壮丁向电话的另一端自报家门时，习惯这样说，我姓刘，文刀刘，就是刘备的刘，刘克鸿，克是克服困难的克，鸿是江鸟鸿。

文刀刘有点老派，《上海滩》里反复出现的外白渡桥，他认定是有着经典地标意义的；江鸟鸿的心是年轻的，向往逐浪如鸥之翔。

二楼大厅门口，"爱巢"两字靥然映入眼帘。众宾客在徐中玉先生的好书法跟前驻足，领会徐老对晚辈的深情祝福。

主持婚礼的是他的二哥，有板有眼，激情四射而又不失庄重，让人看到了一位名律师在另一种场合的风采。我有幸"脱颖而出"当了证婚人。

我的理解，证婚人不是证明婚姻的人，而是现场"做结婚证明"的人，因为出具结婚证书那是婚礼之前婚姻登记人的事儿。

灯光有点炫目，热烈在暂时的平静中酝酿。我说了愿意当证婚人的三个理由：一、新郎是一个有个性的老实人，爱自己所爱，憎自己所憎，价值着自己的价值，追求着自己的追求。早在十七八年前，我还在青年报的时候，他就给我投文章，为我主持的"绿叶"题写刊头。我了解他。二、新郎深爱父母、尊敬兄嫂，是个懂得感恩的人。他为老父亲理发，年复一年地做着"头等文章"，当今能做到这点的会有几人？久久地感动我的，是他的爱心孝举。三、新娘子高建芬祖籍广东，我的老家福建，"隔壁邻居"，算是我的"大老乡"。颇有点戏剧性的是，她的祖籍地，名叫"天仙镇"，于是乎我称其为下凡仙女。壮丁寻寻觅觅这么多年，终于如愿以偿，拿在部队干过四十年的他泰山的话来说，"无意之中为他备了一个女儿"（"老部队"心气不凡，说话时脸上的笑容也显得清朗干净）。这就是缘分啊！"迟来的爱"更值得珍惜。在下暗忖，克鸿不是那种寻思"家里有个做饭的，外面有个好看的，远方有个思念的"花肠子，跟他过日子可以尽管放心。一句话，我乐意当这个证婚人。热烈的掌声，是我做完结婚证明的感叹号。这掌声，本质上是献给新郎新娘的。

芸芸众生，分工有不同，"人"是一个字。平民百姓有平民百姓的福分，这福分往往与平常心两相随。尽管有时为了维护属于自己的一份权益，不得不去争取，甚至抗争，也在体统之内。倘若由此而被染上微词，又算得了什么！解放不了全人类，自己的事总得自己做吧，这就好比亲自吃饭、亲自结婚筑"爱巢"一样正常。社会教科书的精彩，就在于包括新郎刘在内的人类个性与经历的多样化演绎。

　　"君子"是孔子心目中理想的人格标准，如今想给它一个完整的定义亦难，然而秉持孝悌、为人善良当为题中应有之义。噫嘻，物欲横流，人格多蒙云翳，想结交"君子"而一头扎向正襟危坐、道貌岸然，那无疑是步入了"悬空寺"，走进一个误区，还是"门当户对"，到寻常百姓中去找知音，来得实在、可靠。一杯清茶，远离功利，以诚相待不来假，多轻松多好呀。

　　衷心祝贺之余，我羡慕克鸿，父母、岳父母健康长寿、济济一堂，两兄两嫂、一姐一姐夫，家庭和睦，各有事业。于是我领着几个朋友虔诚地前去敬酒，先敬他的父母，接着敬他的岳父母，再敬他的平辈亲人以及新娘公司的领导和同事。杯觥交错其乐融融，一派和谐气象。

　　其实，2007 年 11 月 9 日之夜，满座亲朋好友都是两位新人的证婚人。做他们结婚证明的，还有长流不息的黄浦江、闪烁霓虹的外滩、承载上海历史的外白渡桥，更有桃李满天下、德高望重的徐中玉先生欣然命笔的"爱巢"。

　　"真"暖怀，"善"架桥，"美"曼舞，是爱在照耀。

情为何物

被人信赖的感觉很好，但也有些压力。

那年，当我的学生建忠把他多次在刹那间身体出现某种严重不适的情况悄悄告诉我的时候，我先是一愣，尔后顿觉自己肩上的责任。我马上帮他找到了当时宝山中心医院的最好医生，及时为他诊断、治疗。他对妻子、父母、兄嫂等亲人守口如瓶，只让我一人知晓，为的是不让他们担惊受怕，这使我怎么能不急，怎么能漫不经心呢？等到他病情好转，"警报解除"，他的哥哥来向我打听时，我才如实相告，心上的一块石头总算落了地。

以身心安危相托，这种信任，在人世间诸多情愫中，算得上圣洁的一种吧。我们之间非常投合，始终未曾相忘。我当过八年教师，教了不少学生，像他这样深交为友的，真是难得。

建忠的母亲原本住在市区，国家困难时期"压缩户口"才回到了乡下，父亲是上海一家刀片厂的技术员。他青少年时代是在靠近长江口的乡间度过的。身背割草竹箩，观潮起潮落，看旭日东升，是他不花钱而获得的最好享受。除此之外，唯有艰辛作伴。他聪慧过人，很有灵气。在那"读书无用论"的流毒尚未肃清的岁月里，他酷爱读书，并迷

15

上了书法。先是在废书报上"驰骋",后来用积攒下来的零用钱托家住市区的钱柿云老师买宣纸练字。写好字请钱老师和我批改,每当得到红笔圈阅,嘴角总是露出喜滋滋的好看的样子。有一回,他在书包里捣鼓了半天,终于找出了两张小刀片,边递给我边说:"老师,你的胡子该刮一刮了。"我理解面前的这颗小心灵,这小小礼物流露了他真情一片。穷人的孩子早懂事,想得周到。

后来我离开了乡村学校,调到《青年报》工作。他也逐渐长大了。建设宝钢给他带来了生机,他实现了生命历程上的重大转折,作为征地工被安排在当地银行里。有一天,我突然收到他寄来的一篇稿件,字迹工整,文笔清丽,写得盎有情趣。稍加润色,就见了报。第一篇稿件就被编辑部采用,可能对他鼓舞不小,后来他经常来稿,成了青年报《生活周刊》副刊的骨干作者之一。

年复一年,他仍坚持练毛笔书法,临名帖,拜名家,不断长进,渐成自己风格。现在经常有人请他写字,他总是说"还拿不出手",除非人家执意索取,他才认认真真地"交上作业",和那些急于显山露水的人不一样。但是,他更爱银行本职工作。利用业余时间,他读完了与业务有关的大学本科,如今又在攻读外文,努力熟悉"外汇"业务。他喜欢一位诗人的话:中年是回头望坎坎坷坷朝前看长路茫茫的道口。他还年轻,还在奋力搏击。出于对我的信赖,每逢工作变动之前他都要和我通气,征求我的意见。我感到荣幸之至!

在电话里,他对我说:"我的办公室里没有别的挂图和照片，我一直想和您拍张照，放在我的办公桌上。"其真诚深深地打动了我，也未免让我感到有点不安。所以这件事推迟了将近一年，直到这个月才去照相馆完成。世间之情有多种，师生情、同窗情、战友情、夫妻情、母女情……唯真诚为高，唯纯洁为尚。

　　情为何物？这不是容易解读的，一下子说不清楚。也许只有从具体中去感觉，从感觉中去理解。但有一点是可以肯定的，潮起潮落，花谢花开，真情是永远不会褪色的！真情能互相推进，催促人自强不息。

与林则徐对话

恭读《林则徐文集》，与崇高灵魂对话，加深了对林公的敬仰之情。感谢老前辈郭风先生赠此至宝。

清朝乾嘉之际，正值"中西两极"初逢之时。林则徐留心邀集人才，研究外情，无愧为"近代中国睁眼看世界第一人"。

当时在工业革命中蓄足力气的西方列强，以鸦片撞击中国贸易大门，而闭关锁国的朝廷对外部世界知之甚少。道光皇帝向下求证鸦片为何物，竟有地方官员禀报鸦片是乌鸦肉做的，其荒唐到了透顶地步。林则徐疾呼禁烟——要不然，将"无御敌之兵，且无可充饷之银"。

多年之前就想瞻仰林公，却一直未能遂愿。这次回老家特地从长乐机场绕道福州，下了决心去，有驱动的原因，上海书家德民兄给我看了一封很旧的毛笔信，几经民间辗转，其中写着林则徐当年推荐的中药戒毒方子，令我为之动容：原来林公不仅力主"戒毒"，而且重视"解毒"，用心拳拳何其良苦！

出了机场，对司机开宗明义说去福州市区"有林则徐的地方"。司机是福州本地人，轻车熟路，不出一小时就将我送抵林则徐大道。

林则徐塑像耸立于路口，被圈在塑料墙里边，只露出大半个身子。当地在热火朝天建地铁，此乃为安全计。我弃车驻足道侧，隔墙行注目礼，轻声说"林公，让您暂受委屈啦"。

"谢谢你不远千里来看我。"我仿佛听到他对我说，"哪来委屈呢？梓里福州建设日隆在下高兴呀！"过片刻又说："有一事相烦，听说在你家乡莆田，就是乌石山清风岭那里，我的祖公墓及林默娘（妈祖）的祖公墓给房地产开发商平毁了，于今我腿脚不利索，都是当年在伊犁落下的疾，你帮我查清实情。"

"林公，"我回话说，"那是早前'文革'中的事。后来无人重建，前两年才造了商品楼，似乎不能一股脑儿责备房产商。造楼之前，有守墓契约在身的林家被赶走了，当时强对弱、武对文的情景震惊四邻。事已至此，大人大量，请您宽怀并宽恕。"

"噢，明白了。"林公说，"我的晚唐祖公墓太过久远，疏识者众，也罢，只不过把林氏妈祖的祖墓也弄丢了，真乃可惜！……"

林则徐曾官历14省，先后做过两广、陕甘和云贵总督，所到之处关心民瘼，秉公办事，被呼为"林青天"。对上述之事不轻易下断，印证了他的严谨。

此刻我另有焦虑，怕伤老人家心，欲言又止。林公洞悉了我，径直问道："是否是洋毒渗势猖獗、毒品死灰复燃的事？"瞒不过，只好告知："是的……"没等我说完，他先开言，看来是耐不住了："有人竟在我眼皮底下吸毒，这不是往我老脸上抹黑吗！"

在接下去参拜林则徐纪念馆途中，我心里总是塞塞的。纪念馆也正在修缮。穿过牌楼墙，沿石径前行，到"品"字形碑亭跟前朝北拐个弯即内厅，正中祀奉着林则徐遗像。

触地跪拜，似有一阵风从头上掠过。不禁忆起林公当初回敬英国驻华商务监督义律的话：誓与此事（禁毒）相始终，断无中止之理。林公啊，您"苟利国家生死以，岂因祸福避趋之"，虎门显虎胆，大义凛然向西洋毒贩宣战，在中华青史上留下了一章庄严！

"历史永远仰视您！"我话出由衷。林公回言："我不想眼看着国人沦为病夫，做了应该做的事而已。"

馆员非常热情，脸上始终荡漾着微笑。我询问林公戒毒药方的事，她明确说有的，可惜今天你看不着，封存了。我说我所见的那个药方叫《戒烟原方忌酸丸》，前面有提示，后面有药丸制法与吃法之说明，还附有根据体质不同而加减的《补正丸方》，极其讲究。她说是不可以滥造乱吃，戒毒要有专门指导才行。

我流连于纪念馆。出租车司机一直在馆外相候，而且停止计价。这是一位可以信赖的好人。

参观毕，向家乡莆田而去的路上，我把同林公的对话说与司机听。司机沉默一会说："你没向林公谎报，我就知道有个村庄，许多人都在'玩'毒，几乎是公开的秘密。我的同行里也有吸毒人，毒瘾发作时开不了车，只好往路边停靠……"我吃惊不小，这不是拿生命开玩笑吗？身不由己从座位上立起来，头重重地撞在了车顶上。"此话当真？"我追问。司机正色道："我看你是正道上的人，骗你不也是一种罪过吗？我不会撒谎的。"

心事重重回到家乡。翌日，我将情形告诉前来看我的朋友，不幸又得到证实：我们在那个村庄附近工作过，有这么回事……

这群不肖子孙，你们对得起谁呀？！人生之路自己走，但生活方式的选择不可无视国法。你们忘了吸毒害己害家又害国，忘了当年洋枪洋炮让我们丧权辱国，忘了林公被发配新疆伊犁，那一去就是四五年，忘了中华民族自强不息，好不容易才有了今天。

是晚，梦里与林公再度相逢。醒来我对林公说："惊天动地的虎门'20天'，中国人民铭记于心。您知道吗，就连'对手'也敬畏您，在伦敦蜡像馆里给您塑了像呢。"

"哈哈，真有此事？"林公神情转向冷峻，"还是那句话，我不想看着国人沦为病夫。赤县神州欲书写新的健康历史，务须坚决抵制并远离毒品。"

对，"誓与此事相始终，断无中止之理"。林公气冲霄汉的这句话，应该从他书中放大出来，刻于每个人心中，写在每一座青山上！

我想握住她的手

　　蓝天、绿树、红花、青鸟，春光明媚。在这张扬希望的日子里，我却收到了噩耗，她走了，已经化为永远无法复原的灰烬。打来电话的是同乡大姐，先报丧，接着呜咽难成句。我凄然无语。

　　同在一座城市屋檐下，为何弥留之际家人不捎个信，让我最后见她一面？大姐的先生知道逝者和我有过初恋，也曾这样问过大姐。他们的恻隐之心使我感动。

　　谁说春梦无痕？得知她不幸去世的消息，接连几个晚上我都梦见她，醒来后，她的音容笑貌依然在我眼前晃动。晃的是阳界的时间，晃的是生者的思念。

　　她是我的同乡，小学和初中的同学。中学离家五十里地，我们不同班，都寄宿于校。她的父母常年在上海谋生，她有时周末回乡，就在我家投宿，与我妹妹一席同寝。

　　那时，学校每天晚上都要晚自修，班主任守在门口，不可以随便缺席。她想知道我周末是否回去，就来找我，还好我坐在靠窗的最后一排，听到她敲窗，我就借故出去。每次来，她都故意带上两位同学，她们亲比姐妹，进出学校形影不离。有天晚上，她送我一支钢笔和一双银筷子，就是经过同学的手递给我的。

　　寄宿在校，帮我洗衣服就成了她的"专利"。记得那天她给了我一张电影票，还有一张捏在她手里，冲我笑了笑。结果我没有去看，而将票子转送给了别的同学。事后，她诘问我，你怎么把票子送了人？我仍不以为然，毫无歉意。她摆摆手，你别说了，你的同学都告诉我啦，你去一中打篮球了是不是，换下的脏衣服呢？……她比我长两岁，也许恋情之于她是"当春乃发生"，而当时的我竟木知木觉，那么不懂事。

　　送我银筷子和钢笔后又隔了数日，她眼睛红红地来告诉我，父母不放心，要她去上海念书。"你有本事，将来到上海找我……"我这才幡然，原来她送的是告别礼。此时此刻，我第一回仔细地正视着她，心头有点失落。不久她就去了上海，日出日落，我发觉自己多了一种牵念。教室的后边有一丛青竹，每当晚风吹动竹叶沙沙作响，我会不由自主地往窗外张望……

　　四年后，我如愿考取了上海一所大学。第一回别后重逢，相约在大光明电影院门口。那是一个夏日的午后，强烈的阳光下，她从马路对面向我奔来，犹如一只轻盈的蝴蝶，到了面前立定，没有握手，只送来满脸的青春笑意。"想不到你真的来到上海。""真的来了，真的来了。"我心里蹦跳着一头小鹿，却只是简单地重复着她的话。尔后，她常来学校。"四清"的时候，也去乡下看望我，见到我浸着的一大盆衣服，默默地端到屋外洗去了。她担心我挨饿，从皮夹子里掏出了她省下的全部"粮票"……

　　一场政治"沙尘暴"逆转了一切。"文革"初期我回故里，亲朋好友严肃地开导我，她的祖父是地主，你读的专业又很讲究政治，将来会影响分配的，尽快分手！……那天她如约来校，我犹豫了半晌，最后如实把话说给她听。我们都哭了。临走时，她声音低哑地说，他们说得也对，就这样吧。大约过了一个月，她来了信，写道："……十多年路千里，我们没有牵过手，只有心相通。你和我商量了，我依你的，走不到底也无悔，我会把所有的日子珍藏……如果你愿意，我另外帮你介绍……今生无缘，只好等下世。"回想起来，那年头不少人早已不属于自己，尽管轰轰烈烈，其实我的双脚已经"不会走路"了。今天我觉得，出自"问题家庭"长大的殊丽之手的这封信，书尽了人间的纯洁与崇高。她是世上最好的姑娘，她想的、做的、付出的、接受的，都是为了我好。当我从她身上明白了爱就是奉献、就是成全的道理后，一切都晚了。

　　……几年之前她从外地退休回上海，在大姐的牵头下，我和她全家有过聚会，看她那么开朗，我衷心为她祝福。没想到，这竟是最后一次见面。大姐说，她患的是肺癌，待查出来已经是晚期了。化疗使得她毫发不留，忌讳别人看到惨状。然而，我始终无法接受不能为她送行这一残忍的事实。啊！人生无常，白发忆亡人，惟有虔心一颗。我想握住她的手，却永远不可能了。

　　春深似海。遥问家乡晚风中的那丛竹，是否还是那么青？是否还记得敲窗的姑娘……

鱼风筝

来岛城的第一天，就看到飘曳在草坪上空的那只黑色鱼风筝。是时，已近黄昏。

偌大的广场草坪，洒满了夕阳的余晖。草坪靠近我投宿的宾馆一侧是长长的绿化带，一片初夏的新绿中，几株惬意的樱花正开得迷人。这里告别喧闹，平添宁静，空间开阔，是放飞风筝的好地方。

时间推前一些，风筝多达三十余只，有龙筝、鱼筝、鹰筝、蝴蝶筝，有的像提琴，个别的则像带着水袖的戏衫。起动时，不见拽着绳子长跑，但凭手中的线盘操作，这功夫真是了得！人们在属于自己的领空释放心情，双手牵动了一个"动漫世界"。

此时此刻，别的风筝相继收了线，空中惟留这风筝，百分之百地虏掠了我的目光。看上去，它分明是一条黑色的鱼，扁扁阔阔的，有尾有鳍，但又说不出具体的鱼种来。鱼风筝时而翀飞，时而滑翔，时而又宛如泊定在空中。飞得最高的时候，顿时从我的视野中消失，我不得不把头探出窗外搜寻，才重新捉住了它的影踪。

我定定地注视着鱼风筝，突然接受到一种来自既往时空的触动——这风筝似曾相识呀……

对了！那是二十多年前的事。也在这座岛城，当时还没有这个广场，在海边的沙滩上，有一位放筝人，摆弄的也是这样一只黑色的鱼风筝。我和他之间曾经有过一番对话："这风筝是你自己扎的吗？"

"不，是我母亲扎的，每年她总要扎一只鱼风筝。"

"为什么都做成鱼形的呢？"

"鱼会游，不怕海阔水深呀……"

原来，全国解放前夕，放筝人的父亲被人挟持去了台湾，从此杳无音信。日出日没，潮起潮落，母亲望海垂泪，差点站成了一尊"望夫石"。拖儿带女的她愁白了头，累弯了腰。鱼风筝上系着母亲的梦，寄托着母亲的万千心事。想到这里，我急匆匆出门，下楼，穿过绿化带，径直往广场草坪走去。

见了放筝人，模样只有三十出头，我迟疑了，不对呀，时光流逝了二十年，当年沙滩上的放筝人不可能这么年轻。但是我仍然无法舍弃原初的念头，于是试探着问："你经常来这里放风筝？"

"是啊。"对方边转动线盘边回答，"自从有了这个广场，就不去海边放了。"

"你一直放这种又扁又阔的鱼风筝？"

"嗯。"对方抬起头瞧了我一眼，友善地笑了笑，"你怎么知道？"

"这风筝是谁扎的？"我紧紧追问，感到心跳得有点异样。

"以前都是我老祖母扎的，这两年老人家手脚不怎么利索了，由我的父亲代她扎。"

"这就对了，这就对了！"看我高兴的劲儿，对方傻了老半天……

夕阳敛起了余晖，鱼风筝收了线。我冲前一步结结实实地拥抱了年轻的放筝人，而后我们俩坐在草坪上"聊筝"。天下竟有这么巧的事儿！大家都觉得，这是一种命中注定的缘。

年轻人告诉我，祖父离开时，他父亲才不足周岁。祖母倾注心思一年扎一只鱼风筝，如今近六十只风筝堆满了一间屋子。风筝的颜色就是祖父穿走的衣服颜色。祖母要他把风筝放得比山还高，这样海峡那边才可以看到。他说："每次我收线回家，告诉祖母我们放的风筝最高，老人家的脸上总会流露出一丝不易觉察的笑容。"接着，他眼睛一亮，说："最近，我们得到一条寻找祖父下落的线索……"

我表示祝福。年轻人握着我的手继续说："我研究了台湾岛上所有的山，最高的是玉山，3997米，其次是雪山，3884米，第三是合欢山，3416米，风筝放得再高，也高不过这几座山啊。"因了祖母祖父，梦里台山亦成了他心中之爱。

常人看来，凄雨孤灯却选择守候的女人，少了善待，多了古板。但这是一场扑朔迷离的特殊守候，因其与无悔相始终而赢得人们的敬重。我说："筝的线还可加长呀。"话一出口便意识到有悖常识，小小风筝能够借得的风力毕竟有限，并非线多长就能飞多高。

然而，我相信，那满屋子鱼风筝积聚起来的精神将穿越海峡，不再仅仅属于一个人。

心愿是一盏希望的灯。

玉，我所欲也

　　维吾尔族朋友在遥远的电话那头相告，备了一块很不错的玉，等我去新疆的时候当面送我。声音清朗，宛如玉佩相触生鸣。

　　我说："玉，我所欲也，只是太贵重了，我岂敢过福？""老兄，你算几品官？还不够我行贿的级别！何况，我从来不做害人的事儿。"朋友笑中戏言，"给你一个挂件玩玩算什么呢？看把你吓得……"

　　于是，前年乘赴疆采风之便，我去拜访了这位老朋友，并接受了他的馈赠。朋友知道我喜欢刀郎的歌《2002年的第一场雪》，相约在乌鲁木齐的"八楼"等我，那是歌中唱到的二路公共汽车站，他的新居就在"八楼"附近的一个小区里。见面后，连拥带搡，领我去了他家。

　　此君乃道地的和田人，以家乡产玉为自豪，收藏颇丰，且对玉知根知底而令人叹服。

　　我落座甫定，他边端上茶来边打开话匣：总体上，玉可分为"硬玉"和"软玉"两个大类。狭义的软玉单指我们的和田玉，广义的软玉则包括蓝田玉、南阳玉、绿松石、青金石、玛瑙、琥珀、水晶等诸多玉石。软玉中"子儿玉"是上品，其次是"宝盖玉"。"子儿玉"乃软玉矿石在河道中长期遭水浸润而成，都出自"老坑"；"宝盖玉"是直接从山上采来的山料，有"新坑"和"老坑"之别……在他看来，这些都是应知之常，而于我却听得云里雾里。

多时不见，朋友谈兴甚浓：……"宁为玉碎，不为瓦全"是中华民族广为流传的国箴。在我国古代，"君子无故，玉不去身"，身份不同，佩玉的意味也就不一样，或示受命于天（最高统治者），或表地位尊贵，或显品德高尚，或求吉祥如意。你该记得吧，名垂青史的和氏璧，秦昭王"愿以十五城"易之，玉的珍贵由此透见。上世纪七十年代，经"碳14"对辽东半岛出土的青色玉斧进行测定，中国玉器最早可追溯到七千年前的新石器时代。而玉器作为收藏品，商代就有文字记载。至清朝世宗之后，应"乾隆盛世"之运而生的宫廷玉器，是中国玉器发展的标志性峰期。

他从柜子里取出玉挂件递给我，接着说，玉器沉默不语，它从工具、兵器而图腾、仪仗而缀冠、饰身，由千百年深处走来，色泽不减，追逐者愈众。收藏玉器犹如将一个奥妙无穷的大千世界托于掌上，在盘玩细赏中体味祖国历史文化的悠远，进而认识、保护和宏扬中华民族的伟大文明……

君言一席，胜读十年，手中玉挂件的分量也似乎重了许多。

其实，送我的这个玉挂件他已收藏多年；那时他还是个兵，在一个下雪天用积攒津贴从"八楼"旁的玉石摊上淘来的。我明白，以其相赠是他为了朋友而割爱。

这玉挂件是一块新疆和田玉，体如凝脂，坚硬细密，温润而泽，鸡油黄，按十九世纪后半叶法国矿物学家德穆尔的分类，当属于"软玉"。挂件长 7.5 厘米，呈不等边三角形柱状。朋友坦言，这玉的种质非常好，但因为形状无奇，做工过简，加上没有承载什么背景来历，所以只能为普通挂件，要不然，那就不是现在的身价。尽管如此，我仍爱不释手。

回到上海，我每天将它佩于腰间，时而拿捏，时而摩挲，视其为"通灵宝玉"。说出来不怕见笑，出门上班家人总忘不了提醒我，路上小心噢，别让"三只手"割绳而窃去。

因为有了这块玉挂件，并得到启蒙垂教，我也算挤进了当今正在民间悄然兴起的玉器收藏热的行列。不过，我只属于一般玩玩，虽然也淘到了数件值得一藏的老玉，但毕竟囿于自己的鉴别能力，财力也有限，不敢、也不可能放手"吃进"。

闻得一种说法，"只进不出"的收藏家，才是真正的收藏家。由此想到《红楼梦》里的石呆子，虽然穷得经常断顿，却宁愿饿死冻死，也不肯将家藏古扇卖出门去；台湾著名武侠小说家卧龙生，曾不惜以十多万美金买下南唐后主李煜使用过的两件珍宝——一只玉碗和两个青玉碟子，后来尽管生活拮据，仍舍不得折变转让。他们有无收藏家头衔并不重要，这种执著，的确可以用来写照古今我国不少堪称真正收藏家的痴劲痴情。而我，自知永远抵达不了那种境界。

"洛阳亲友如相问，一片冰心在玉壶。"玉，我所欲也，贪心不可滋生也。前不久，新疆朋友表示再送一件"子儿玉"

宝贝给我,我微愣之后婉言谢绝了。然而,在那通话的瞬间,我仿佛看到了当年他在乌鲁木齐"八楼"雪天淘玉的身影,且倏地高大起来。他说的"情谊无价"我一直记在心里,有此玉挂件在,这金玉之声就在。

我替母亲回娘家

"开门红，开门红。"医生缝好我母亲头上的伤口，故意调节一下紧张气氛，"不幸中的大幸，如果击中正后脑勺，那就大告不妙啦。"

大年初一，村里的爆竹声此起彼伏，孰料家中会发生这样的事，母亲从水泥楼梯上摔下来，当即昏迷，脑侧一摊血，在场的人一时不知所措。从小由她领大的我的侄儿，吓得哭出声来。我一回过神，马上向医院呼救。好在院长谢向阳帮忙，派医生带着急救器械火速赶到。我和侄儿护着她老人家，心一直悬着啊！

母亲醒来后不久就对我说：我要回娘家看看。昏眼微睁，声音低沉。唉，九秩在望的人啦，还能有多少生命能量可以调度呢。同样的话，后来她又说了数遍。我理解母亲，尽管她从小被送来曾家当童养媳，然而她深知那是生身父母的无奈，并非不爱怜她。母亲还知道，娘家人的生活比我们拮据，所以自己总是省吃俭用，却时常托人带些钱、物过去接济。现在由于体力不足以支撑她远行，母亲不能再回娘家了，但心里始终牵挂着。

第三天，母亲吊过针后，情绪稳定。我俯下身就着床头对她说，妈，今天我替你走娘家，回来后将情况告诉你……母亲轻轻地点了点头，没有说话，眼里分明渗出了泪水。

母亲娘家远在三十里地之外的农村，我的外婆早已故世，舅舅、舅妈也作古多年，我一直在外，很久很久不曾去过，农村变化大，凭我有限的童年记忆恐怕是难以找到了。还是侄儿出的主意，唤邻村的侄女婿过来，他结婚那年去我母亲娘家放过帖子，还记得大体方向，由他带路。

侄女婿用摩托车驮上我，车速随着路况的变化时疾时徐。他边骑边说，放帖子的时候，其实我没有上门，只是等在村口，是阿敏（我侄女）进村去找的。我说，别急，只要能找着那个村庄，就一定能打听到。我有点印象，在溪边……

我的心愿是让母亲放心，所以会一家家问过去的。寻寻觅觅，先后问了七八个村民，终于在溪岸边找到了母亲娘家。

昔日的平房旧屋不见了，取而代之的是尚未竣工的新砖房，内部还未粉刷，人却已经住进来了，不像许多城里人有几套房子，可以精心装修后再晾它数月半载搬进去。舅舅的儿子说，我们无钱去"铺路"，不可能给你理想的宅基地，只能原地翻造。生怕洪水暴发时再遭淹，全家老少齐出动，挑土填石，磨破了肩膀，落下了病痛，硬是将屋基提升了一层楼的高度！我暗暗忖度，如今依旧在"移山"的恐怕就是农民了。舅舅的儿子和儿媳却已知足，他们指着散养于溪滩的几只黑羊让我看，说是能值几百元钱。女主人给一群鸡鸭撒食，那呼唤的声音里，听不出半点忧愁与艰辛。

岁月如流，往事历历。那时我还小，随母亲到外婆家过年，家中没什么可供我玩耍的，有一天调皮的我操起竹竿拼命撵赶鸡群，受惊的鸡们一只只飞上了平房屋檐，其中一只母鸡飞动的时候竟从空中掉下一颗蛋来，那真叫"鸡飞蛋打"。外婆见状，急得连声高喊住手。母亲一把夺过我手中的竹竿，正欲教训我，却被外婆紧紧拽住了。翌日，外婆卖掉了一些鸡蛋，买回猪耳朵做菜，她知道宝贝外孙最爱吃那脆脆的东西。母亲不失时机地哄我，吃了猪耳朵就得听话……外婆，母亲想娘家，我想您呀！在追寻童年的时刻，我眼前到处都是您的影子。

母亲的娘家人边叹息边说，平常姑妈都很小心，走得好好的，这回怎么……我说，她的卧室在楼下，前天是上来招呼我的客人的。我太大意了，没有搀扶她下楼梯，我非常非常内疚。他们给了我一番安慰，还说，明天一早就过来看望我的母亲。

回到家中，我将所见所闻一一向母亲作了禀报，基本如实，为了使她高兴，才作了一点乐观的渲染。我看到，老人家的嘴角掠过一丝笑意。娘家，亲娘之家啊，难怪母亲对它的爱那么刻骨铭心。凡人我说不出，人世间有哪一种情感，比母爱和对母亲的爱更崇高。

节后离乡，我远念母亲。如果今天还在家里吊针，一定要看好，瓶子里的药水要留下些许，不能让它全部滴尽……

虎的往事

有一首歌叫做《与往事干杯》，与虎干杯可是没有的事。只有"转个弯"才成，过去，不是有人猎杀老虎，以虎骨做酒，把虎变成杯中物吗？其实这算不得与虎干杯，而是拿虎干杯。试比高低，人类才是最厉害的"虎"呢。

今天我倒是要拿与虎有关的往事干杯了，品尝一下个中滋味。打开家乡的"网页"，检索记忆，清晰如初：老虎是不轻易攻击人的，只侵害、吞噬牲畜，一旦人类惹了它，则要受到恐吓、报复。

那是南国冬日，天清日朗。隔溪望去，群山嵯峨，草木蓊郁。视线所及，有两只老虎正躺在山腰的一块大石头上晒太阳。石面斜斜的，两虎昂脖翘首，相偎侧卧，一边有树枝伸过来，看上去就是一幅不寻常的画。大白天，居然这么逍遥！虎亦灵物，自是认为环境安全，才会如此放松。就在一箭之地的山脊上，分别坐落着寺庙和尼姑庵，那些僧尼们，该不会不知道山中有虎存在吧，然而，阿弥陀佛，大门照开，生活照常，小尼姑们圣洁的笑脸仍如山花一样妩媚。

虎怕火。我们生活的小村庄，乃溪中一个小洲，那时候还没有架桥，进出全凭木船摆渡，涨水季节是座"安全岛"。但考虑到老虎懂水性，为安全计，孩子们到学校晚自修，来回路上每人手中总提着一盏小油灯。到了家，快快开门、进屋、上闩，才舒了一口气。毕竟兽性难测，不得不提防着点。虽然每晚都这么"操练"，习以为常，说一点不怕那是假的。

有一回，真让我深感恐怖。

那是下半夜，屋外，雨中的树叶飒然不绝于耳。倏地，墙根外响起"咚咚咚"的脚步声，来回跑动，过一会跑动声又变成了贴身厮打的摩擦声，还伴有猪的嚎叫，急促而凄厉。这样循环反复，时远时近。突然，隔壁邻居的门"嘎吱"一声打开了，同时炸响了一个女人的失声疾呼："老虎！老虎！"闻声，我拉起被子蒙住了头，吓出一身冷汗，熬到天亮再也没有睡去。第二天早晨，邻居的大女儿说："我提着灯，门一开，就看见一只老虎翘着尾巴从猪栏里蹿了出来。"一帮老人察看树下湿地，也认定深深浅浅的分别为老虎和猪的脚印。原来，邻居的那只母猪是从山里买来的，饱经风霜，生性凶悍，它以护崽为己任，豁命与虎相斗。母猪身上多处受伤，猪栏里的小猪，更是一摊惨状……邻村也上演过老虎伤害家畜的事。

邻村人寻思着清除虎患，于是巧设陷阱，果然逮住一虎，并把它"处决"，杀掉吃了。这下可不得了，连续好几个晚上有老虎前来撞门叫板，吼声震天，慑人心魄。后来，夜间，人们不得不在自家门口点燃篝火，过了一些时日，才平息了事态……"老虎屁股摸不得"呀！

人类谈虎色变。可是在解放后的十几年时间里，我一直生活在乡间，却从来没有听说过有村人葬身于虎口。也许，在老虎眼里人类也是很可怕的，故不贸然向人"开口"。"人不犯我，我不犯人"，当年在老虎出没的山上，那些僧尼们不也始终生活得好好的？所以，人类在加强防范的前提下，是能够实现与动物"和平共处"的，起码可以与不那么凶狠、比较温和的多数动物。生存，不但是人类，也是动物的权利啊。人类不可虐待动物。老虎若能和人一样聪明，也应该世代记住武松，记住景阳冈上的惨痛教训而好自为之。

家乡早已看不到虎了，我想那大概是属于稀有的华南虎。这是武松们的胜利，但是我不想为此而举杯。老虎怕火，而人类玩火者却大有人在。

太阳雨，太阳雪

　　该是春天了。雪花凭借风力漫天旋舞，小精灵似的往人的身上钻。由于天空中的云团少，而且薄，太阳照样穿透下来，使雪花更显洁白、晶亮，诱人地好看，真的是"雪飞当梦蝶，风度几惊人"。

　　不多时，白了行人无遮无拦的黑发，白了路边吐芽长叶的绿篱。朝前边的十字路口看去，阳光正纯粹地灿烂，亮了一幢幢高楼，亮了过客的身姿。那边也有人看过来，"两个世界"在惊艳中对视——哇！美丽的太阳雪。

　　毫无预兆、叹为稀罕的太阳雪，似有某种魔力，毫无商量地将时空晃回了既往……

　　事情发生在闽中。海滨的一座小城，"最高指示"随处可见，还有几条"把文化大革命进行到底"的大标语。街角一口古井边，一男一女两个年轻人（下称男孩女孩），胸上都别着一枚大学校徽。相对无语，时间在沉默中流逝，脸上挂着太多的无奈。女孩靠兄嫂接济就读大学，上头还有父母，"大事"理应尊重他们。然而一次次的沟而不通，兑来了一次次的失望。

　　突然下起了太阳雨，一阵胜似一阵。一位年纪稍长的女子送来一把伞，递给那个女孩，女孩随手将伞塞到男孩手中。

"你还考虑他？让他淋去！"送伞的女子一把夺过男孩手中的伞，重新递予女孩——她的妹妹，说道，"他考虑你没有？人家大学生在闹革命，你们呢？当起了'逍遥派'。这样下去不可收拾。再说，他们家有海外关系你又不是不知道，你就不怕受牵连分不到好工作？"

"还不走！"那时参与"进行到底"的人普遍脾气大，翻脸易如反掌，以前这位大姐可不是这样的。男孩闻"令"后退几步，离开那口古井，在墙根站住，昂首向天任凭雨淋，想以此取得感动效果，孰料对方态度愈加生硬，措辞愈发激烈："雨帮不了忙的，你就死了这条心吧，除非天上下太阳雪！"最后甩下一句话："今天我向你传达的是我们全家的意见。"说完，硬生生地把女孩拽走了。

男孩的自尊心在流血，然而又无能为力，最终悻悻离去。还好，就这样，两条年轻的生命才没有被那口古井吞下深腹。

自兹一别，天悠地远。当事人都心知肚明，那只不过是一种把"皮球"踢给上苍的托词而已。男孩女孩对太阳雪自然不寄予什么希望了。

日月轮回中，花落知多少。风送孤帆另寄岸，各起炊烟自成家。生活就是如此实实在在，这也是各自给对方的最好"定心丸"……

有一回，当年的男孩女孩同在南京参加同一个会，不期而遇。也许是老天存心捉弄，把太阳雪飘飘洒洒地下给他俩看。太阳雪中，秦淮河的船头船尾白了，岸边夫子庙的翘檐红瓦却在明晃晃的阳光下亮得刺眼。当年的男孩记得清楚，那是 2005 年 3 月 4 日，离闽中海滨小城的那场太阳雨整整相去三十八年。"东边日出西边雪"，天籁中凤儿在以颤音领唱，犹如他们的唏嘘之声。

此时，雪中的当年男孩更加明白，与其说当时那位大姐传达的是"全家的意见"，不如说是一个时代的意见。那是特殊的年景，莫名其妙的时代思潮成了爱情的桎梏，加之经济无能自立，"顶风作案"谈情说爱每每有花无果，充其量只是一场"热身赛"。哪怕天公作美，下十场太阳雪也于事无补。

飞雪染春。料峭春寒今又是，换了人间！现代人的反应就是快，街头的太阳雪刚告一段落，就有歌声从对饮者多为男女青年的路边咖啡厅里飘出来，那是刘欢演唱的《雪城》主题歌：下雪了，天晴了，下雪别忘穿棉袄；下雪了，天晴了，天晴别忘戴草帽……

当晚，一条短信自远方跳进当年男孩的手机："从电视上看到，上海下太阳雪。天有不测风云，外出多加小心。"一笔一画出自当年女孩的手。

手机的主人旋即回复："谢谢。天涯有手机，知己在比邻。亦望保重！"

啊！太阳雨，太阳雪。

我的和尚同学

　　走出寺门，走出肃穆，空气中还弥漫着香火味儿。面前是开阔的山坳，四周是层层梯田。天色微阴，教难得回家乡的我备觉山中的秋凉。从山的缺口处望出去，一缕缕农家的炊烟尽情地渲染着人间的祥和与宁静。山上的烟和山下的烟，近在咫尺，却远在天涯。

　　拐弯处，有人叫住了我："阿沧，什么时候回来的？"

　　循声转身，看到一个和尚正站在路旁的林间草地上，身后是四条大小不一的水牛。一身半新不旧的烟灰色寺服，裤管小腿处绑得紧紧的，头上灸着标志性的"罄顶"，慈眉善目，年龄与我相仿。唤我的正是他。

　　"你是……"我实在记不得他了。

　　"我是凤山，凤林的弟弟。"和尚自报家门。语气缓和，却照样勾起了我的回忆。

　　他是我童年的同学，与我同桌一学期，后来一直坐在我的前排。从小就失去父亲的他，盼望自己长大了能考上大学，可是这个梦最终未能实现。他有一个姐姐、一个哥哥，全靠母亲拉扯长大。那年头，靠地里干活挣工分糊口亦难。母亲嫁女"换亲"，准备换个姑娘让哥哥成家，不料女儿嫁过去后对方嫌他家穷变了卦，哥哥只好另找方向做了招

42

女婿。母亲生病无钱医治，病故后，家中就剩下他一人。姐姐婚嫁和母亲的不幸，这一切都发生在"文革"期间。当时我还在上海一所大学里念书，回乡时他告诉我的。语气同现在一样缓和，多了两行辛酸泪。

"噢！凤山。对不起，对不起，看我这记性！"我由衷地向他致歉。然而阔别多年，他的变化确实也太大啦，更想不到他会出家，进入自己家乡所在县的这座庙门。我连忙走上前去欲与他拥抱，但马上意识到不宜，于是学了佛家的规矩，双手合十向他行礼。他后退两步说："阿弥陀佛，不敢当，不敢当。"

"水牛不是可以放养的吗？你为什么还跟着它们？"

"平常我也不跟的，这两天有条水牛生病了，不能不跟着照料照料。我们靠牛犁田耕地。"

"什么时候出的家？"我拉着他的手问道。

"1976年3月14日，我生日的那一天。阿弥陀佛。"

"自己家里还去吗？"

"没有。出家后就再也没有下过山。每年哥哥和姐姐都要来看我一至两次。两间老屋我也不要了，送给我的哥哥。我的两个侄子都很优秀，我吩咐哥哥，一定要鼓励他们去读大学。阿弥陀佛。"我敏感地捕捉到，说这些话的时候，他的眼中飘过一丝淡淡的哀怨。想到他的家世，我自然明白其中缘由，便不再多问了。

他突然想起了什么，让我在原地"稍等"，脱开我的手，径直往寺庙方向奔去……

我望着他远去的背影，抚摸着身边的一条小水牛，不禁又想起了往事。那是小学三年级的时候，学校组织到这里秋游，就在这附近收割后的稻田里，有几条水牛在田埂边吃草，凤山断下一根树枝，吆喝着一阵猛赶，水牛受到惊吓往四下里奔突。这还不过瘾，他追上一条水牛，想爬上它的背，试了两次都不成，第三次他先助跑后纵身一跃，终于上去了。他跨在牛背上挥舞着手中的树枝，像骑马的将军，八面威风。庙门里的和尚见此情状，急得追出来阻止。水牛背光溜溜的，抓不住任何东西，多危险哪！年少不识愁滋味，那时他真是调皮得可以……

不一会，他气喘吁吁地来到我身边，手里抓着一袋茶叶。他说，这是寺里自己种的，很耐泡。我一再谢绝，不行；给他钱，无论如何不肯收。"你还认我这个同学吗？"他说，"我知道你们上海什么都不缺，可这是我的一份心意啊！"我怕惹他不高兴，只好收了下来。但是，我还是"变相"付了钱，我奔回寺庙把钱投进了大殿中央的功德箱。那箱上贴着一张字条：援建希望小学。

下山路上，我反复看着手中的茶叶，心情一直无法平静，斑驳的记忆和眼前的庙黄叠映在一起。我的和尚同学啊，一路走来不容易！晨钟暮鼓，谁道六根不清净；日起日落，犹记人间烟火情。我总觉得他童年时代的梦还在继续。

烛祭

昼夜仍在不停地交替，暮色初笼。无语的霓虹灯闪烁着，从周遭建筑物上注视着公园大门口，注视着集聚在门口场地上的人，还有那地上同样无语的烛光。

汶川大地震，一震痛九州。爱的热潮，在上海、在全国涌动。

大地震，促使上海"集体纠音"。一个"汶"字，过去上海人普遍把它读为"文"，如今广泛知道应以"问"音为准。集体纠音的同时集体行动：工厂加班，日夜赶制帐篷；飞机增航，送去大批食品；精兵急驰，带上生命探测仪；里弄无眠，将爱心打包……大家都在"问"哦，汶川的痛就是上海的痛，汶川的需要就是上海的使命。

公园门口的烛祭当然是自发的，"组织者"便是爱，一种无疆大爱，能够凝聚亿万颗心去唤回东风的大爱。人们点上一支支白蜡烛，祭奠汶川地震中的遇难者，也为所有的灾民祈祷，同时进行赈灾募捐。

驻足外围，听到的是不同的方言。我主动与身边一位路过公园门口、滞步探看的女士攀谈，启齿间明白了她是上海人。"我去过那里，德阳是英雄黄继光的故乡，我们区和他们'结对'，互有往来。"她说，"川西北那一带风景特别优美,你想,地震发生后还有那么多的中外游客被困在当地……"说完,她掏空了皮夹子里的钱,只剩下一张"公交卡",随即向旁边的募捐箱走去。我看到,后面的人衮衮而至,一个个重复着她做的事。说是募捐箱,其实是一只脱去盖子的大净水桶,上面贴了"募捐箱"字样。后来才知道,参加集会的四川兄弟中有几位是送水工,已经为上海居民服务了多年。

挤进圈内,听到的则几乎是清一色的川音。语调都很低沉,气氛肃穆而凝重。在人们围出的一块空地上,摆放着大约两百支白蜡烛,点燃的时间有先后,长短不一,都在风中无声地流泪。

默哀过后,一位中年男子和一个少女面向烛光跪地而泣,哭声特别凄楚,让人揪心。他们是父女俩。原来,女孩的母亲5月11日那天刚刚从上海赶回北川县,为的是去照顾病中的婆婆,想不到12日下午她正在给婆婆喂药的时候就发生了强烈地震,刹那间三层楼的住房被夷为平地,罹难的有她和婆婆等四人,生还的只有女孩的一个姑姑。

我俯下身去扶起他们,劝其节哀、保重,并给女孩拭去眼泪。女孩的爸爸告诉我,他明天就要回北川去。我没有多问什么,因为我理解,巴蜀之地是他祖祖辈辈的根,重灾区有他逃过一劫的妹妹,还有生死不明的乡亲。

烛祭还在继续。有人领头唱起了《团结就是力量》……

歌声刚落,听得女儿对父亲说:"我要跟你回去。""你就不要去啦,你去也做不了啥,我不久就会回来一次。"

父亲说，"好孩子，听话。"我说："你放心的话，把孩子交给我吧。"他轻轻地舒了一口气，说："已经作了安排，有单位里的上海同事负责照顾，会接送她上学的。"他连声道谢，眼里闪着泪光，把我的手攥得紧紧的。

他的手，分明让我感受到了一种力量。噫嘻！"天意自古高难问"，人类的确有着太多的无奈。然而一旦大难降临，唯一的选择是坚强——中华民族，就是顶着风雨这么一路走过来的。不是吗？那面"唐山抢险队"的旗帜，把灾后重建的精神、生死不辞的气概举得多高。

我慢慢走出了举行烛祭的人群，几步一回首，眼前是摇曳的烛光与各路救援队伍数着分秒拯救生命的身影，耳边訇然响起一个声音：时艰可度，长城不倒！

炊烟·母亲·月亮

闽中故里，元宵喧腾的鞭炮声已然远去，乡间的喜怒哀乐重归于炊烟的袅袅诉说。

夜深人静。正收拾精神打算动笔，一只蜜蜂跌落在我案头，羽翼颤抖过后，便是永久的寂静。生命是个过程，犹如这曾经是采蜜里手的蜂儿。

知道总有这么一天，但当这天袭来时却悲从腑动无法自持。生身母亲只有一个呀！

丁亥岁末，饮食起居尚能自理的母亲在居室内摔倒，不幸卧床不起。遵医嘱凭药物和流质维持，除了护工伺候，还靠孙辈照顾。奄奄一月，刹那间阴阳两界。前几天我每天摸摸母亲的脚都是冷的，此时此刻我摸着的脚却是热的，分明是生命在调动所有能量与死神作最后一刻的抗争。我将被子轻轻拉过母亲头顶，罩住母亲的脸，拂过了一脸无言的沧桑。这一罩，意味着永别。

眼看着母亲离去，我肃立床边，任凭泪水淌下无奈万般。从此，我也成了一个没有母亲的人，再也听不到辗转的叮咛了。您说过，"做事先做人，待人要真诚"，"家里需要钱，但不可以拿不该得的钱"，"有事会打电话，你工作千万不要分心……"如今，所有话语统统化作了天籁之音。

母亲娘家仙游县邦溪村，童养媳于曾家。自初长成开始，锄禾汗滴脚下土，引线针拨眼前灯。成家之后，母亲那要强的生性亦成年了，该是男人的农活，如掌犁耕地也学着做去。日月轮回，里里外外无尽的劳碌。您乐此不疲，笑口常开。缅怀追思，乡亲们尽夸您，这是母亲您勤勤恳恳收获的光荣，也是儿子我噙泪静聆得到的骄傲。

至今我不清楚母亲的血型，我想当属于坚强的那种。人的造血能力需要给养，母亲的给养是土地赋予的粗茶淡饭。您知足而不懈，挑着担子跨沟过坎，直逾花甲白发爬满了头。仔细思量，我长大了独在他乡为异客，"非常年代"没有向厄运低头，都得益于母亲遗传和从小教化。

我来到这世上，吃的第一口食物，是母亲的乳汁；穿的第一双鞋——虎头鞋，是母亲纳成绣就的；着的第一条西裤，是母亲借来样服，尝试着裁缝的；我第一次出远门求学的行囊，也是母亲为我打点……母亲，您给了我许许多多"第一"。然而，常年来我没能在身边侍奉您，念兹，愧疚油然而悠长。

母亲对孩子的爱，是那么的深沉，不分己他，不可撼动。邻居小孩羡慕我脚上的虎头鞋，您每每有求必应为他们制作，于是左邻右舍的孩子可以集结成一个"小虎队"。吾弟阿顺帮人做工发生意外而早逝，您对他的儿子千般呵护，与我弟媳对其要求的"尺寸"不一，以致婆媳之间少了一点和睦。我居中调停，您却说"我用一个儿子换来一个孙子呀……"话说到这份上，我不能再坚持什么了。

往日农村，公婆对媳妇的女红颇为看重，母亲的针线活在村里也是出了名的。上老下小、叔子小姑，一大家子的浆洗缝补全靠您。小姐妹们下"南洋"，带着您送的荷包、床顶"前披"，还有《八仙过海》《小村月亮》等绣品，揣上了一份对家乡的眷恋……那些绣品传给了后人，您把思念留给了我。

您完成了人生使命，不惊天也不动地，却感动了熟悉您的人。其实，芸芸众生都是这样，一辈子能做的事确实有限，甚至是很琐碎的，青春过、坚强过、善良过、努力过、欢笑过、有益过则无憾。

料理好母亲后事，我回望炊烟再别故里，一路上心中空落落的。人来自于父母，但"游子"更多的乃是对母亲而言，"游子身上衣"，"临行密密缝"，今天母亲不在了，我好比一只断了线的风筝。母亲，儿想您……

母亲黄氏名金秋，小名阿秋，卒于2008年2月26日，农历正月元宵后的第五天。母亲生于1917年农历8月16日，那是一个月亮最圆的日子。

历经阴晴圆缺，把我从"0"变成"1"，这是我衷情纪念母亲的最大理由。永远的母亲，永远的月亮！

山远犹见树摇风

　　双胞胎亦分大小，先出为大。是故，我的父亲便有了同胎大弟。2009 年大弟故世时，父亲说大弟先走，我过一年走。一年零四天之后，父亲也走了，似乎是冥冥之中接到了大限的暗示。

　　不祥的预感催促我电购了 1 月 17 日的机票。飞机着陆后，见滑速已缓我便打开手机，马上有侄子短信进来："莫耽搁，速归！"我边跑出机场边看手表，11 时 30 分，拉上一辆的士就往家乡赶。到了家门口，惊悉，我出机场的当儿，正是父亲西去时分。

　　我的妹妹说，父亲弥留之际，睁开眼睛，向床的两侧艰难地转了几回头，那是在找你呀。爸爸，真的太对不起啦，让您空等了。牵您的手，亲您的额，都已然冰凉。

　　家人们安慰我，他们说我常年寄钱赡养，又安排亲人与护工照料，近数月还两次回去看望，老人家已经知足了。他们也理解我，2010 年以来我在为与上海世博会有关的部门做点事，盛会日近，不时有文案方面的吩咐，不敢旷日擅离。然而，我还是深深内疚。父亲啊，摇您您不省，唤您您不应，徒留我一腔伤悲。为您守灵的夜晚，望着垂泪的蜡烛忆及小时候您对我的告诫：地瘠栽松柏，家贫子读书，穷苦农家舍得孩子远行，走向社会，只要不忘本。我想，父亲您一定会原谅远行的我。

对解放前父辈的困境，我略晓一二。那年头，腐败不堪的反动"伪政府"乱抓壮丁，每年都"轮"到我家，为了保护您尚未成年的两个小弟，您或首当其冲，或拿出省吃俭用的钱粮去排解。作为长子，您践行了名中的"文韬"二字，和您的大弟武略一起，竭力捭阖，呕心沥血护起了这个家。解放后，日子一天比一天好起来，孰料祸从天降，吾弟三十而逝，留下稚女幼子，您不得不开始了常人无法承受的"公牵孙"的又一茬辛劳……

乡亲们告诉我，父亲是一个豁达大度、最能吃苦的人。当年分"自留果"的时候，您让生产队里的亲人们先挑，自己拿下了山腰风口上的果树，为了抵挡台风，贪早摸黑挑石垒墙，筑起了一道"长城"。您的妹妹家里造房缺钱，您抓紧卖掉了还不足月的猪崽，风风火火赶了五十多里山路，把钱送了去。

在我的心目中，父亲是一座山，一座情义之山，一座再苦再累也扛得住的山。父亲卧床不起后，我才从邻居那里得知，父亲给龙眼"剪花"的时候曾经从树上摔下来，这也许就是潜疾之外，您逐渐脚力不支，以至于下半身瘫痪的硬挫性原因。父亲不叹苦，仍然抱病持家。我的弟媳和侄子陪您去当地看医生，后来我又请了上海名医给您治病，都难有收效。父亲在轮椅和病榻上坚持了八年，给您买了医用床，您不肯用，总是说"还不到那个时候"。我知道，您的坚持是要看我弟弟的两个孩子成家立业，这个您总算是看到了，没有遗憾。

父母亲在世的时候，生死路上一直为子孙挡着风雨，"文革"后期他们为我蒙遭厄运而抗争，让我特别有这种感受。近些年来，每每回家探亲我总是恭敬地聆听教诲，且始终不敢说自己老。如今双亲都不在了，我幡然意识到自己"上了第一线"，也真正明白了父母之爱的无比崇高。

父亲走了，带走了附丽于身的九十载沧桑。山已远，犹见树摇风。那是您留给子孙的精神彩旌，永远劲拂在我们心中。

落梅犹记刘克庄

在宋代的大诗人中，"根"在福建莆田和仙游（两地紧邻，今合为莆田市）的，不完全计数就有七位，让同"根"的我引以为荣。按出生年份排名，他们是蔡襄、方惟深、黄公度、陈均、王迈、刘克庄、陈文龙。皆为琴心剑胆、堂堂七尺好男儿。

谁说自古闽人"五音不全"入诗难？这七位莆仙籍宋诗人的锦囊之作，立旨高远，意味悠长，合韵合平仄，音调那么和谐，读来是一种高雅的享受。从中悟出一个道理，方言口语和书面语言固然有着很大差异，但只要勤于做学问、反复"修炼"，就能够掌握诗歌的规律，跨越障碍而获得创作自由。刘克庄就是这么一位精通法则的诗林宗匠，我特别推崇他。

刘克庄，生于南宋孝宗执政的淳熙末期（1187），卒于度宗执政的咸淳年间（1269）。初名灼，字潜夫，号后村居士。淳祐六年举为进士。官至工部尚书（掌管工部各项政令的长官）。从他先后名号的更易中，可以窥见他的不凡经历和曲折心路。刘克庄的诗词多有感慨时事之作，为当时"江湖派"重要作家。著有《后村先生大全集》。

宁宗嘉定年间，时任建阳（福建）令的刘克庄写了《落梅》一诗，这是他咏物寄情的上乘之作：

> 一片能教一断肠，
> 可堪平砌更堆墙。
> 飘如迁客来过岭，
> 坠似骚人去赴湘。
> 乱点莓苔多莫数，
> 偶粘衣袖久犹香。
> 东风谬掌花权柄，
> 却忌孤高不主张。

全诗大意是：每一片飘零的梅花都教人触目愁肠，更哪堪残缺的花瓣凋落如雪片，铺满了台阶又堆上了墙头呢？飘零的梅花就像匆匆过岭的迁客，坠落的梅花犹如不得已赴湘的骚人。那么多原来美好高洁的花朵，如今却沉沦泥土与莓苔为伍，然而偶然粘上衣袖的香气，还久久不去。啊，让东风执掌对百花的生杀予夺大权，真是差矣错矣，它忌妒梅花的孤高，对梅花任意摧残，根本不讲怜香惜玉。（注：诗中"迁客""骚人"分别引用了韩愈、柳宗元遭谪贬放逐的典故，泛指封建社会里一切仕途坎坷、壮志难酬之士。）

《落梅》通篇不着一个"梅"字，却不仅刻画出梅花的品格和遭际，而且通过对落梅哀婉缠绵的吟叹，处处透露出诗人的心迹情感。同时，也高度概括了历史上无数"迁客""骚人"颠沛流离的不幸，更道出了当时广大文士抑塞不平的心声。但是由此，刘克庄却落来大麻烦。其中"东风谬掌花权柄，却忌孤高不主张"两句，被言事官（谏官）李知孝等人指控为"讪谤当国"，撇住不放，逐级递交奏状。于是，刘克庄获罪而被罢职，坐废乡野长达十年之久……这就是历史上有名的"落梅诗案"。

"退之未离乎儒者，坐井观天错议聃（老聃，古代哲学家）"。刘克庄痛恨卖良求荣、追逐奉禄的当事谏官，视其为坐家虎，宁为"后村居士"，始终没有屈服。相反，从此开始大写特写梅花，一发而不可收，先后写了一百三十余首咏梅诗词。"梦得因桃数左迁，长源为柳忤当权。幸然不识桃与柳，却被梅花误十年"（《病后访梅九绝》）、"……老子平生无他过，为梅花受取风流罪"（《贺新郎·宋庵访梅》）等咏梅诗作，都表露了他强烈的愤懑之情。刘克庄无怨无悔，虽然在后来的十年间生活颇为艰难，却有着"风流"的好心态，通过不失操守的努力，逐步改变自己命运，遂活到了八十二岁高龄。

呜呼！"若非一番寒彻骨，哪得梅花扑鼻香"，刘克庄咏梅诗词之丰无人可及。不啻于斯，他的一生针对南宋"国脉微如缕"的现状，写下了大量抒发感慨的不同题材的诗篇，爱国之心"似放翁"，高洁之志"似稼轩"，其身其品一如梅花。倘若有哪位剧作家把他的事迹搬上舞台，无需戏说，只要实言，也一定会是一出让人荡气回肠的好戏。剧名可叫做《落梅诗案》。

在上海看《春草闯堂》

　　忽接上海福建商会老黄来电，邀我观看《春草闯堂》。心喜，随即答应。我在浦东办好事情后，立刻赶赴上海戏剧学院剧场。这是十月八日，国庆长假后的第一天。

　　我喜欢莆仙戏，《团圆之后》《秋风辞》《晋宫寒月》等我都看过。《春草闯堂》是仙游鲤声剧团的拿手好戏之一，诞生至今已有三十一个春秋。1962年，老舍与曹禺、阳翰笙在莆田观看了《春草闯堂》后，欣然命笔赋诗："可爱莆仙戏，风流世代传。弦歌八百曲，珠玉五百篇。魂断团圆后，笑移春草前。春风芳草碧，莺啼艳阳天。"《春草闯堂》曾赴京参加国庆三十周年献演，分获创演一等奖。2009年，荣获文化部颁发的"全国优秀保留剧目大奖"。2010年5月，参加海峡两岸文化交流，演毕台湾同胞掌声经久不息，谢幕亦难。一出好戏，往往常演常新，并根植于大众心疆。

　　如果记忆没有偏差的话，那就是三十周年国庆的前几天，鲤声剧团晋京献演路过上海，借瑞金剧场演过《春草闯堂》。剧场离报社不远，我自然不会放过一睹为快的良机。上海观众为之讶异、惊叹，"莆仙戏太好看啦！"尤其是台上的轿夫，起轿、放轿、换肩、上坡、下岭，动作逼真生动，那演技真是了得！至于戏的内容，我当时想得并不多，但觉它别开生面，眼睛向下，喜剧地塑造一个丫头，打破了当时文艺界的沉闷氛围。莆田人呀，就是敢领天下之先！事后报纸上有文章称莆仙戏为"宋元南戏的活化石"。

而今夜在上海重看《春草闯堂》，一慰乡思，而且有了新的体悟。曾经得到过余秋雨先生"调教"的上海戏剧学院，出了不少明星大腕，选择这里作为巡回演出的第三站，一种品位自在不言中。上海仙游商会当场捐资剧团10万元，表达了支持家乡文化事业的赤子情怀。台上台下，满场皆为莆仙人，演出前后，乡音不绝于耳，让人疑为置身于故乡。

绛红色的大幕随着"报鼓"徐徐拉开。这一拉呀，非同小可，拉开了一幅历史画卷，跳出了剧作家的独运匠心，突显了演员的奕奕神采。布景简洁、鲜明、经典，基本上是"一对一"地服务于每一幕的内容。剧情跌宕起伏，非常紧凑，推涌向前，高潮迭起。莆仙话的唱白之于乡亲（遗憾的是我无法用普通话表述），那种效果是独有的，听到会心处，观众席上时有突爆乍敛的笑声。

演出之后，随团的莆田电视台和莆田晚报记者采访了我。匆促之间脱口而出，也不知说得在理否？我谈了几层意思：一，编得好。幽默而不失庄重，夸张而不失原本，寓讽刺意味于诡谲的断案、强权与正义的较量之中。全剧浸染于人性，相府丫环春草、小姐李半月，乃至李相国，都被人性"一网打尽"。小姐与丫环知恩图报，排除万难，最终使得义胆侠骨的薛玫庭获救；三朝元老李相国，既爱女儿又顾虑脸面，但到头来还是拗不过女儿的缠绵，绕不过轰动朝廷、京畿的"既成事实"，只得接受"冒出来"的薛玫庭为婿，人性的胜利也让他脱离了"欺君"之嫌。编剧让主角春草，一棵"草"，一个小丫环，"导演"了一出人间"喜剧"。其实，春草闯的岂止是知府公堂，分明还闯了各式人等的灵魂秘室。二，演得好。从不自卑、义勇机智的春草跃然台上。扮演春草的演员举手投足，一颦一笑，浑身上下都是戏，特别是她踟蹰的碎步，淋漓尽致地体现了她的脚下功夫。抬轿的演员依然表演得那么出彩，毫不逊于当年，可见莆仙戏后继有人。值得一提的是，人物内心世界的开掘，剧中的主要人物，或感动、或犹豫、或惊惶、或无奈、或急中生智，都通过个性化细节做了细腻传神的刻画。三，现实性。现代人看《春草闯堂》，免不了会联想到当今的人和事。公平、公正办案做得怎么样？像知府胡进那样的媚上德性，生活中绝迹了吗？深明大义、懂得感恩，不是需要大力弘扬吗？无论哪个朝代，不是都不能无视民心民意吗？四，路子对。剧团谋发展，需要更多的财力支持；莆田在发展，需要更大范围的凝聚人心。文艺为工农兵服务，不能忘了众多外出打拼艰苦创业的游子！鲤声剧团走出梓园、深入外省市为莆仙人巡回演出的做法值得提倡。

离开剧场，乡音渐渐远去，眼前霓虹闪烁、车水马龙，很喧闹，很上海，不禁有点惆怅。春草，何时再闯上海滩？

荔花消息蜂影中

　　荔枝香甜一脉传，蜂儿相随忙到今。寻芳赴花蕾，争先作队飞。一踏上桑梓沃土，蜜蜂忙碌的身影便把消息捎来——荔树开花了。

　　"荔城"，是故乡莆田的别称，也是标志性符号。时序轮回中，莆田夏日的热情就是由荔枝点燃的。每年小暑未到，溪河水渠两岸，万千荔果就被太阳点化成了红玛瑙，树上、水中，紫霞、红潮，那种美噢，可谓炽烈而又酣畅！

　　我当然知道，苏轼寓情所记的"日啖荔枝三百颗"并不涉及莆田，写的是两广岭南一带的事儿；但我更明白，美国佛罗里达州的荔枝，是二十世纪初经传教士之手从莆田移植过去的，而后遍及美洲各地。它们的母本唐代古荔"宋家香"，其蘖生根株至今还结结实实地活在城中，岁岁开花结果。为此，我曾不止一次举起历史表达自豪。

　　一个风和日丽天，我约上同学，循着蜂影，去了莆田荔枝的主产地、沟渠纵横的"南北洋平原"。与其说去看望故旧，不如说去拜访荔林、蜜蜂和养蜂人——因为我清楚，眼下那里恰是以荔花为舞台背景，高悬"蜂"字旗上演"音乐剧"的胜地。

　　引领而望，荔林一派生机，老树新树错落有致，各显姿容。白色之中略带嫩绿的荔花，在天际线下画就一幅长卷，随风飘来沁人异香。越往前走，蜂影越来越稠，振翅之声越来越大，到了荔树跟前，嗡嗡嘤嘤响作一片。这声音非但不尖厉，相反格外悦耳，分明属于天籁。

密布枝头的蜜蜂，不停地抖动翅翼，时而在花间跃动移位，时而扑在花上将吸管伸向花心吮取蜜汁，每个脚上都沾满了花粉。突然，有只蜜蜂撞在了我身上，摔跌于地。我这才顺势发现，在散落的半干半湿的荔花中有五六只掉下的蜂儿，看样子起不来了。正所谓"累压微命，思巢不得归"啊。我不由动了恻隐之心。

蜂影迷离。我们向百米开外的"放蜂"场走去。但见草地上坐北朝南三排蜂箱，或叠放或单放，大概有八十余箱。一位养蜂人正戴着纱面罩，平举着两手，把一块"蜂窝"放回箱内，紧接着又提出一块。蜜蜂们在箱子的门洞前起起落落，进进出出，纷至沓来，又匆匆离去。它们沿着既定路线反复作舞蹈式飞翔——前方，有荔花在召唤。

应邀来到了养蜂人简陋的临时房。主人姓刘，高中文化，以养蜂为业已有三十二个春秋。妻子儿子连他自己仨，吃住、"摇蜜"都在这逼仄的空间里。问及年成，老刘喜形于色，说："今年花旺，一只壮工蜂一天能吐 5 克蜜……""蜂蜜中，北方，槐花蜜最好；南方，荔枝蜜最好。"老刘接着说："记得有人还专门写了《荔枝蜜》的文章哩。"我说那篇美文我也读过，甜了我整个少年期，作者杨朔是一位勤快犹如蜜蜂的散文家。

对于蜜蜂的功劳，老刘则说，撇开人类约有三分之一素食的源头植物需要蜜蜂授粉、大量蜂蜜出口为国家创汇不谈，蜂蜜对人的身体大有益处。这让我想起如今在一家医院工作的叫阿林的好朋友。阿林发育"拔架子"，正遇上当年举国困难时期，但他却长得人高马大，不像从那阵子过来的莆田人一般都比较瘦小。原来，他曾经跟随两位堂叔赶季追花养蜜蜂，叔叔将其视为己出，早晚让他进食蜂皇浆，从不吝惜。抚今追昔，阿林感慨多多。

养蜂人可以说是特殊的"游牧部落"。他们"居无定所"，栉风沐雨，足迹遍天涯。哪里涌现花事，他们就连忙联系车皮，带着一箱箱的蜜蜂大转移，一路艰辛惟有寸心知。倘若当地花期已过，因故而无法及时转移，又偏逢连绵阴雨，他们就得"反养"蜜蜂，以保住小生命，稳定"劳动力"。从仲秋至初春，花踪杳然，饲养任务特别吃重。蜜蜂像人也会生病，还可能受到螨虫侵害，碰上这些情形，那真是麻烦多多，寝食难安……为了人间得甜蜜，难为你们了。蜜润心，人有情，大家都会记住你们的！

荔花无语，消息来自蜂影中。想起历史悠久的莆田荔枝，望着忙碌的蜜蜂，我觉得：小精灵们仿佛从唐诗宋词中飞来，又从《荔枝蜜》的字里行间飞去……

生命年轮里的莆田

　　游子紧紧陷入故乡的臂弯，2009 年，莆田温暖了我整个春节。

　　最让我高兴的事并非给老父亲做九十大寿，而是获悉生我育我的家乡将有一个大变化、大进步。村党支部书记良山和村委会主任以松告诉我，"莆田市城厢区华亭镇园头村土地开发项目"已经批下来了，由省国土资源厅和财政厅联合批文，双轮同时驱动……

　　我深深地眷恋故乡莆田。因为有座壶公山，有条木兰溪，"壶山兰水"便成了莆田大地的昵称。莆田有一张名片，那就是湄洲妈祖。我的著作多与莆田相濡以沫、休戚与共。

　　记得当初，我在新民晚报上刊发关于妈祖文化的文章和妈祖塑像照片时，曾有同事提出"妈祖"两字是否为"马祖"之误，我不得不进行释疑，而今这个问题早已不复存在，海峡两岸共奉的平安女神妈祖已然存活于上海新闻人心间。上世纪八十年代初，散文《桂圆情》在解放日报登出，由电台配乐朗诵，反复播放，沪上老乡惊喜发现，莆田桂圆的身价随之明显提升。做点好事，回报"母亲"，这个心愿镌刻在我生命的年轮里。

　　前些年回乡探亲返沪，我将感触遣上笔端，发表了反映家乡取得长足进步的《看山》《看水》《看人》三篇文章，后来想及国家"三农"事大，家乡的情形也许有某种典型性，于是将文章呈送国务院主要领导，并以一个普通共产党员的名义建言："……中国有九亿农民，领导的目光不能游离农村。谁能真正让农民脱贫致富，谁就英明，谁就伟大！"在我看来，身为农民之子，为农民讲真话是对良心的坚守，也是一个共产党员应有的操行。

闻听故里进入土地开发倒计时，心情难以平静。园头村人口特多土地奇缺，人均面积不足半分，只有零点零四七亩。翻开历史，村上"下南洋"的人甚众，地少无以果腹恐怕是一个使然因素，向外谋出路呀！据说，眼下那边祖家在园头的人数是现在园头村人口的三倍。侨胞们身在异域却一直牵挂着家乡，得知要开发无不欢欣鼓舞。

这是父老乡亲将近六十年来的翘首期盼啊！支书指着对岸山坡说："通过铲坡取土整治溪滩，可增加耕地一千余亩。到时候把养殖业全部搬过去，村里'老大难'的卫生问题也就迎刃而解了……"在村民大会上，许多老人情不自禁地道出了感谢党和政府的心声。我想，惟有实事暖人心，能带来如此凝聚力的必为好事。

傍晚时分，我独自向溪滩走去，眼前数茎越冬芦花在微风中絮语，脚底的鹅卵石硌出了几多儿时记忆……发洪季节，园头村是木兰溪中的一个小岛；枯水期间，北边水长流，南边溪床裸露。我把两边溪床比作一高一低的双肩，扛着一个历经数百载、朱熹弟子曾经在此办过书院的村庄。事实是，凭区区一村之力是整治不了的，所以一片荒滩犹如刘欢《弯弯的月亮》里唱的那样，"还唱着过去的歌谣"。现在，省里的大力支持，撑起了故乡腾飞的希望。

人们心中的底气，来自于水利专家的科学论断——由于长期挖掘沙石，木兰溪主河道比以往明显深了，溪床扩容，加上其下游入海口河段经过疏浚，水流顺畅，基于此上的园头村土地改造工程还将辅以涵洞、涵闸设施，所以不会带来后忧。相反，该项目将有助于解决莆田市发展中的土地"占补平衡"问题。这正可谓："搏阖襄智举，翔飞得失间。"我仿佛看到回归的雁子排成了一个更大的"人"字，俯瞰着家乡新崭崭的美丽景色。

莆田，我生命年轮里的莆田，橄榄上有我的青涩，荔枝上有我的红晕，华亭桂圆上有我牵情的金缕，壶兰大地上有我创作的蓝本。乡亲们的期盼就是我的梦。

飞入寻常百姓家

炊烟袅袅,雀声啧啧,窄小的村街上,灯笼笑脸相映红,故乡的气息真切而温馨。

除夕夜,悦耳的器乐声和以莆田方言演唱的歌声从不远处传来,侄子少敏告诉我,这是有人在"打十番",自娱自乐,也给节日增添喜气。今天晚上他们聚集在龚玉瑞家里演奏。玉瑞和他的妻子秀兰,都是退休教师,是热心人,除了提供活动场所,预先负责抄写曲目,还供应茶水和闲食。

对十番音乐,我算是知道一些。母亲在世的时候对我说过,婴儿期的我莫名其妙的爱哭,有时哭得来劲,怎么也哄不住,但是很奇怪,每当十番队路过家门口,一听到演唱的声音我就不哭了。这个我当然记不得了,能记起来的,是稍长以后的事儿。那时候我还在本村读小学,哪家婚嫁、做寿,谁家新居落成举庆,总是打听得清清楚楚,下了课,或者放学后就直奔而去,尾随在十番队后边,疯呀,乐呀,此时此刻无疑是最美好的时光……我曾听美食家说过,小时候的味蕾有记忆,很大程度上决定了一生的饮食喜好,莫非我小时候某些神经末梢对十番也产生了记忆,要不然，为什么今夜十番入耳竟觉得尤为亲切？

翌日，我去拜访龚玉瑞老师。进得他家大堂，但见乐器、谱架、椅子仍然摆布于原地，分明示意：曲暂歇意未尽。果然女主人告诉我，今晚还将继续开门演奏。玉瑞如数家珍，侃侃而谈，让我探知了莆田十番的前世今生——作为莆田的民间音乐，十番的历史可以追溯到唐代。其名曲有《鹧鸪天》《荔枝头》等。北宋名臣蔡襄曾称"庭有美音飞独乐，会当炎暑自多风"，赞颂的就是家乡莆仙一带的十番音乐。人们也将十番称之为"十音"，即由十人操弄乐器组成的音乐。其中一人敲"凹锣"，两人吹横笛，五人拉五种不同的胡，一人弹三弦，一人弹八角琴。有歌唱才能的演奏者，可以边奏边歌。上世纪八十年代初，莆田文化馆对流行于民间的传统十番进行挖掘、整理，并吸纳了《团圆之后》等优秀莆仙戏中的一些曲牌，同时在乐器等方面作了适度改革，于是演奏空间更加广阔，音群的构筑更富有特色，整体上更显吉庆祥和，格调却依然那么古雅。

交谈中，玉瑞发觉我亦喜欢音乐，问我会什么乐器，可以来参加演奏。我摇摇头说，让你见笑了，我不会乐器，只会哼哼歌曲，且多为老歌。我随口相告，流行歌曲内渐大陆的年头，当时我尚年轻，一时兴起，写过歌词《西湖伞花》《街灯》，由上海民族乐团谱曲，上过当年的浙江省春节联欢晚会，只可惜未能流行。

玉瑞说，你会写歌词好啊，请你根据莆田十番的曲牌填个词，我们就可以演唱。我说行呀，家乡的变化和进步都是创作题材。又一转念，凭我现在这"南腔北调"，写出来的东西能适合他们拿方言演唱吗？自感底气不足，于是改口道，写十番歌词得拜你们为师，一时半会弄不好的，容我今后学起来吧。

平心论音乐，肖邦大师是我所崇拜的人。我把肖邦的音乐视作优美的散文诗，空灵深邃而富有张力，将钢琴细腻的音质和高贵的气质表现得淋漓尽致。莆田十番呢？则注重乡俗喜事，特别是传统节庆，为其助兴，要求热烈而欢快。但是，就音乐的本质而言，十番传递的同样是一种可感受的情绪。我无意相提并论，前者是个体表达的外国音乐，后者是集体演奏的莆田音乐，几无可比性，只想说明任何音乐都有其产生的充足理由，都有自己的个性，只要拥有生生不息的知音，它就是可圈可点的。

正因为莆田十番源远流长，"美音飞独乐"，且始终不离不弃地飞入寻常百姓家，才弥足珍贵，其价值可与莆田造型酷似天安门的标志性建筑——落成于北宋早年的"古谯楼"的价值为匹，或有甚之。谨在非物质文明的名义下，向莆田十番致敬！

明亮多彩的表达

去城里的路上，车轮才转至村口便接到一个电话，手机显示：成都出版界的朋友惦记我了。互致问候之后，共同"点击"了数年前在当地度过的美好时光……

虔诚于"杜甫草堂"，移步瞻仰。陪伴的成都朋友出了一道题：根据"杜甫草堂"的意思写一个字，最合适的应该是哪个？我试探作答：该是咱们莆田的"莆"字吧？"老兄，智商还行啊！"朋友拍了我一下肩膀，笑着说，"我去过你家乡，很有南国气象、文化氛围。"

回忆是温暖的，一如此时此刻四周的风情物候。

闽中莆田暖得快。这融融的暖，诗人说是燕子衔来的，农夫说是耕牛驮来的。瞧那路边，龙眼树已然开花，小蜜蜂们飞临枝头取粉采蜜，诉说着生活的繁忙；小叶榕树垂着长长的气根，随风摇曳宛若挥动长毫书写春秋；三角梅的三瓣花叶是定了型的艳丽，尽情绽放犹如知足常开的笑口。

莆田城今非昔比，生机盎然。眼前的仪容以暖色为主，热力四射，耳畔的乡音没有障碍，亲切又温馨。

当红衫女子的身影接二连三从少小离家的我面前款款而过的时候，我为之惊诧——莆田的"半边天"竟这般喜欢红色衣服！于是把不解诉于乡亲文友，解答是："妇人穿红衫，告诉'观众'她乃有夫之妇，配偶健在家庭和美，请勿打扰。大姑娘穿红衫，诉诸人家自己已经有了对象，别再打她的主意。小女孩穿红衫则多为母亲心愿使然，意在添旺喜气，特别是过年过节时……"灿烂醒目的红衫，从历史深处飘来，成了今日莆田女子以热烈形式表达细腻情感的传统美德标识。

作为一个常年累月与纸笔同甘共苦的脑力工匠，我对文字的表述敏感而且在乎。当我面对街头"知足鞋店"的招牌时，不由得笑出声来，多么贴切，多么个性化！知足者，自己也，合脚与否全凭试鞋的直觉，用不着像那个愚不可及的古代郑人，买鞋之前先量好自己脚的尺寸。这"知足"分明有其出处。

由"知足"及其他。我留心了周遭，太有意思啦。供水单位名曰"思源"，服务场所名曰"小二跑"，电器维修点名曰"万家喜"，废品收集处名曰"回头客"。与茶叶相关的，有以"仙久"、"天味"、"一枝春"取号的；与食宿相关的，有以"才子"、"天妃"、"海西"、"三只筷"取号的。"莆田兄弟连"，则是一个俱乐部的称谓，让人倏地想及《集结号》的小说原创者、那位莆田的作家来。林林总总，散发着"文化名邦"的特有气息，这气息蕴藏于民间——此乃莆田小城的自赏型表达。

一方水土养育一方人，真的是这样。上海南浦大桥的总设计师林元培，抗日战争期间从上海回老家莆田接受教育，对故乡之爱至深。林大师曾经对我说过："小时候我就喜欢田间的水牛和山路上带着太阳味的青草香。设计时，我把大桥当作了躬身负重的水牛背……"我说："南浦大桥的引桥旋转而上，因地制宜少占地面，蕴涵着莆田人的节俭精神，又有一种拔地凌空的盘山美。"他坦言与我心存灵犀。原来，在现代化的南浦大桥身上也有着他家乡的影子。有什么比潜移默化的影响更深刻而久远呢？文化底蕴深厚的莆田不算大，但迄今为止包括林元培在内出了大十几位院士——此乃莆田对当代的辐射型表达。

记得成都朋友还曾对我叙说："莆田历史上优秀人物不少，烙在脑子里的有南宋的蔡襄和刘克庄。蔡襄是当朝名臣，敢于进谏，要皇帝'近正人远小人'，直声震天下；刘克庄爱国情怀强烈，但仕途不得志，工于诗，是宋代最大的诗词流派江湖派的领袖，文学史上与辛弃疾齐名……"这番话出自异地朋友之口着实叫人感动，并悄然以蔡刘为荣——他们两人代表了莆田对于历史的表达。也许正因为有了他们，"莆"字和杜甫草堂"搭界"才不显突兀，似乎暗合了一脉天机。

一日入城去，归来心舒然。莆田的表达精彩、生动、传神，有的庄重、有的浪漫、有的诙谐，富有生活情趣，属于禀性，属于文化，又属于风情。诚可谓：一溪烟柳万丝垂，满目春光不胜收。

世博『首席参与者』

冰心犹在玉壶中

　　抵达长乐境内的福州机场，离登机时间还有两个多小时，我寄好行李，旋即驱车前往长乐城中参观冰心文学馆。约莫走了二十分钟，就到了高山仰止之地。

　　这是计划中的事。我从小就读过她许多清丽隽永的文章，并知道她是长乐人。十七八岁的时候，去长乐看望在当地工作的三叔，其间曾经踏访过她心目中的老家横岭。前年福建文化界的老领导郭风赠我一套《冰心文集》，仔细披览，获益匪浅。这岂止滴水之恩啊！怎能放过接受教育的机会呢。

　　冰心文学馆位于长乐市冰心公园内，落成于 1997 年 8 月。那时冰心还在世。文学馆选址长乐，对冰心老人而言，也算是"叶落归根"。我不由想起她的深情诗句——

清晓的江头
白雾茫茫
是江南天气
雨儿来了——
我只知道有蔚蓝的海
却原来还有碧绿的江

这是我父母之乡！

公园内绿草如茵，鲜花盛开。一座古朴的石桥架于爱心河上。草地上分开竖着几块冰心名言石刻。尽管春寒料峭，仍有许多父母带着孩子尽情放飞。尤为引人注目的是公园北侧绘着冰心像、写着"有了爱就有了一切"的油画，和文学馆南边场地上《冰心与孩子》的汉白玉雕塑。游人兴致勃勃地与它们合影。天地合一，人景交融，好一幅爱心写意图！

步入文学馆大厅，一种祥和温馨的气氛扑面而来。东侧书柜里陈列着冰心不同时期的部分作品和介绍她的专著，北边正中近墙处安置着一尊席地而坐的冰心青春塑像，惟妙惟肖，冰白雪洁，光彩照人。文学馆二楼设冰心生平与创作展览厅，珍藏手稿版本与实物存列室，放映音像资料、举行学术讲座和会议的多功能厅，还有接待国内外学者的研究中心。一处处宽敞明亮，井井有条，凸显审美意识，一如冰心之文品人品。这一切，把"一片冰心在玉壶"的蕴韵演绎得恰到好处。值得一提的是文学馆内的一副对联：世事沧桑心事定，胸中海岳梦中飞。这是冰心集龚自珍句由堂兄请梁启超手书的，冰心生前把它作为座右铭。是啊，世事沧桑涛飞云卷，她始终心平如镜，总是清醒地站在涛头看望世界。

我一直把冰心作为"爱心"的化身，参观深化了我的印象。她热爱祖国的未来，《寄小读者》、《再寄小读者》和《三寄小读者》情真意笃，滋润了一代代少年的心；她热爱新社会，生前到过包括滇黔在内的十几个省，参观工厂、农村、农场和水利枢纽工程；她热爱人类和平，1955年参加了禁止原子弹和氢弹世界大会，1957年出席了亚洲人民团结大会；她热爱生活和生命，坚持创作数十年，自信"生命从八十岁开始"，九十一岁高龄还创作了《故乡的风采》。她视花如子，特别青睐月季花和玫瑰，为此鼓励沈从文的儿子沈龙朱等几位大学教师成立了"北方月季花公司"，受聘当上了月季花协会名誉会长。她喜欢猫也是出了名的，曾经为了走失一只爱猫而在清华园里贴出寻猫启事……她始终关注祖国的命运和前途，九十寿庆之际，在台湾范光陵教授与她通电话时，她仍念念不忘地说"愿两岸早日统一"。这种博爱，是一种情操，更是一种境界。

其实，"爱"是需要坚强和勇气的，这是相互依存的另一面。1928年"济南惨案"发生后，冰心写了一首简直是在呐喊的诗篇《我爱，归来吧，我爱！》。1945年，冰心不顾自身安危，毅然在全国文化界进步人士起草的《文化界对时局进言》上签了名。二十世纪八十年代，在一些人对巴金的《随想录》有这样那样的看法时，她在《散文世界》发表了《谈巴金的〈随想录〉》，表示同感与支持。随后自己也"想到就写"，文章的道理越来越深刻，风格越来越泼辣，语言越来越传神。先后发表了《痴人说梦》、《一颗没人肯刻的图章》、《我请求》、《无士则如何》、《教师节引起的联想》等或反思或针砭的文章。她吁请增加教育经费，认为"教育搞不好，国家就会越来越穷"，并作则垂范，多次把积攒的稿费捐赠给了中小学和"希望工程"。冰心的一生有多少风和日丽，又有多少狂风暴雨，但她那颗爱祖国、爱人民的心永远坚如磐石。这位与二十世纪同龄的老人，纯洁晶莹，超然大度，宁静高雅却又敢爱敢恨，德高望重，无愧于"先生"的尊称敬呼。

难怪乎巴金会将她称为"大姐"，比作"明灯"，说"灯亮着，我放心地大步向前。灯亮着，我不会感到孤独"，还说"您是中国知识分子的良心"。

难怪乎郭风同志会说，"冰心老人的一生是创造的一生，是无私奉献的一生……她的作品和一生的德行具有打动人心的道德力量。"

难怪乎萧乾同志会说，"老年的冰心更勇敢、更辉煌，她那支一向书写人间之爱的笔，挥向了邪恶的势力及腐朽的风气，真是光芒万丈！"

1993年我赴莆探亲，路过福州，先去参观了《冰心生平与创作展览》。记得工作人员介绍，七天展期观者逾万。人们为冰心而来为爱而来。可见冰心先生作为中国文学界参加过"五四运动"的最后一位元老，对中国现当代文学作出卓越贡献的文坛巨匠，赢得了读者的普遍敬仰和爱戴。这回我参观文学馆，又接受了一次爱的熏陶和洗礼。"有了爱就有了一切"的箴言陪伴我登上飞机，朝着"东方明珠"的方向翱翔。

听重庆学长说秋雨

　　人很怪，有些事总是挥之不去，大概是哪一根神经搭牢了。大二的时候，系里开运动会，在四百米比赛中，我怎么也追不上盛重庆，记得领先的还有黄冬元。对此我"耿怀"至今。

　　重庆比我高一届，我一直敬他为兄长。他在贵阳一家大型的上海支内厂宣传科工作过八年（其间，当地有家报社欲调他到评论部工作，他没去），后调南通工作，任广播电视局局长，十年后调来上海，先后担任过上海电视台台长、东方明珠股份有限公司董事长，现因年龄关系，移任"东方网"监事长。不承认也得承认，大学毕业后，他也一直"跑"在了我的前面。

　　前天，我到他办公室小坐，闲聊间说到眼下的一个热点问题，即余秋雨和金文明的"笔墨官司"。各抒己见，倒也轻松。他对网络上"狗咬狗，一堆毛"的说法忿然生厌，那是"盲人摸象，各说异端"，也不赞成有的人火上浇油，"斗促绩"，看热闹，将学术上的争论引向歧途。

　　后来我才知道，盛重庆和余秋雨的中学时代都是在上海培进中学度过的，在上海工作这么多年他们还保持联系，对余比较了解。他说，余秋雨的高明之处在于灵活地将历史知识与文学结合起来，这在当代文坛是难能可贵的，我为他取得的成就感到高兴。一个文明的社会应该爱才……余秋雨是一个很热心、很有人情味的人。那年，上海电视台有个业余酷爱丹青的年轻人出一本画册，想通过他请余秋雨作个序，当时他正闹病，在医院里给余秋雨写了一封信，没几天就收到了秋雨写的序，写得很认真，措词很中肯，评出了道道。余秋雨没有摆架子，没有因为对方名气小而婉言推却，对这位小青年是很大的鼓舞。

他说，他听过余秋雨作的两场报告，是关于电视媒体的，视野开阔，谈得很深刻，思想性和知识性皆备，很有穿透力和说服力，对电视媒体的了解，超出了本行的人……一个人的精力总是有限的。余秋雨是大忙人，不可能什么事都亲自处理，不少是委托身边的人去具体操办的，这很正常，应该予以理解。大凡做学问的人，都比较超脱，如果事必躬亲，埋头于事务堆，成果从何而来？……沟通好，大有益。这沟通必须是双向的。其实，有许多事若能多沟通，大家平心静气，就不会弄得很僵。

学长一席言，让我获益匪浅。不由联想到一件事。去年我们编一本《上海作家散文百篇》，余秋雨当然在我们的视野之内。截稿时间紧迫，一时又找不着他，后来通过知道他行踪的同志和他取得了联系，当时他正在香港讲学，接到电话，很高兴就答应了。经商量，我们选了余秋雨的《废墟》一文，按入选作家的出生年月编在《上海作家散文百篇》一书的第四十二篇。巴金最年长，他的作品《怀念老舍同志》作为领头篇。在所有入选作家的配合、支持下，这本书在短短的两个月时间内就得以出版发行。现在《上海作家散文百篇》被列为爱我中华读书活动的推荐书目。这是一件公益的事，我们把拍卖十册《上海作家散文百篇》签名本的钱全部捐献给上海市慈善基金会。余秋雨也在十本书上签了名，所以，这里面也有他的一份爱心。

　　听了学长的介绍，对余秋雨多了一层了解。我赞成重庆的话："沟通好，大有益。"对人永远取平和的态度，对事永远取慎重的态度。心态好什么都会好。人生就像"竞技场"，我对"跑"在前面的人一直是很敬重的，那是能耐，是综合能力的体现。蚁驮粒米，象负千斤。做自己喜欢做的事，努力把"一粒米"驮好，扪心无憾矣。

世博"首席参与者"

　　时光难留，"历"过为"史"。中国 2010 年上海世博会曲终人散，由实景转为意念，由建筑巨制精缩为闪烁如繁星的富有收藏价值的纪念品，在人们心头流淌成一段"成功、精彩、难忘"的历史。

　　一日，与朋友相聚，有人谈及一个人——胡建勇，称他为上海世博会的"首席参与者"。我熟悉胡建勇，三十多年前就和他在《青年报》共过事，但是为何冠之以世博"首席参与者"，我一时脑子没有转过弯来，故问其详，遂得其解。原来，是从这个角度予以"定义"的：2002 年 12 月 3 日上海世博会申办成功，仅仅隔了一天，胡建勇就提议成立一个"与世博会对接"的公司，并和得力同事刘红灿、任全翔一起拟定了申请报告，2003 年 1 月 8 日就在香港注册了"中国世博纪念品（国际）有限公司"。这是中国第一家直接以研发世博纪念品为己任、与上海世博会携手同行的专业公司。动作之快，可谓一日千里，说"首席"并不为过呀。

　　研制世博纪念品，对胡建勇而言，乃是厚积薄发、水到渠成的产物。

　　超前的创新意识一直在他的血脉里奔涌。早在二十世纪九十年代初，数年时间里由他主持的团队就相继开发出了多项极具新鲜元素的纪念品。1998 年，他们设计制作的 1999 年"十二生肖镀金挂历"，一改传统纸质挂历的老面孔，让人眼睛为之一亮，在市场上独领风骚，简直卖疯了。创新赢得消费者，创新的不断成功使得他信心满满，步伐愈发坚定。

不积跬步无以至千里，路是一步步趟出来的。胡建勇担任过十一年卢湾区工商联副主席和卢湾区政协常委。该区的"圈内人"都记得一件事，一件和保护知识产权相关的事。那是 1999 年梧桐初黄之时，那是一个述说特定市场环境的历史镜头：胡建勇风风火火走进位于重庆南路的区府老会场，参加由区府召开的打击假冒伪劣商品专题会。轮到他发言了，但见他骨碌碌从大包里倒出一大堆材料来，边倒边说这是我们公司申请到的纪念品发明专利册。一共九十七本，让许多与会者傻了眼。"一家创造，十家仿冒，百家克隆，知识产权得不到保护。"他越说越激动，俨然属于疾恶如仇的那种秉性，"市场如此无序，叫企业如何生存，更不要说发展……"主持会议的区长明了混乱的市场对守法企业带来的危害，深表理解与同情。会后，卢湾区揭开了打假序幕……

能做到疾恶如仇的男人，必定是一个有社会责任心的大写的男人。有人说他集"五气"于一身：勇气，勇立潮头；才气，善于创新；大气，不斤斤计较；霸气，拔山盖世创一流；义气，念情重义不负人。

改革开放初期，青年报扬鬃奋蹄，春风得意，胡建勇如鱼得水，大展才华。由他领衔操办的上海市优秀厂长经理评选、生活周刊创刊"双庆活动"，请来北方、南方及上海本地的演艺界明星，其中有马季、姜昆、李谷一、游本昌等等，还有广州歌舞团，在上海万体馆、虹口体育场、大世界、文化广场、友谊会场全面开花，轮番联动演出，一时间上海成了欢乐的海洋——这是为众望所归的改革开放推波助澜，是上海新闻界的一次精神检阅，为厉兵秣马跃身时代大潮造势鼓劲。这就是胡建勇，要搞就搞得气势磅礴，要弄就弄出品位来，举不惊人誓不休！

在《康复》杂志社担任总经理期间，胡建勇冲破传统呆板体制的束缚，精心策划自办发行，领天下之先开创了一种崭新的经营模式，使这本杂志从原来的不到两万份发展到近百万订户，成为当时中国健康类杂志的"老二"。这无疑又是一个奇迹！

创办企业至今，几乎所有新产品的原创思路都来自于他。胡建勇有句震聋发聩的名言，"开发纪念品就是要无中生有，就是要有中生新。"这次上海世博会期间，新成立的"中国世博纪念品（国际）有限公司"与中国电信公司联手开发的含资世博场馆大全套电话卡、带世博场馆画面的护照等等纪念品，皆为世博会有史以来的首创。

多年之前，有人仿冒过他们开发的纪念品，使企业蒙受了巨大经济损失，胡建勇据实据理依法抗争，取得胜诉，这个案例被收进了《律师知识产权名案》。后来，他与对方却"由'战争'走向'和平'"，对头成了朋友。他的想法是：过去的就不再去计较，知错改错就行。化干戈为玉帛，合作，共赢，气量啊！他说，生意人切不可把钱看得太重，金钱每天都在更换主人。心智健全的人千万不要成为金钱的奴隶，最后"带走"很多钱是可耻的。这不单是理念，更是一种境界。

记得有位哲人说过大意如下的话：一个人的胸怀有多宽，他的朋友圈就有多大。胡建勇"择高处立，就平处坐，向宽处行"，相信实在，不相信虚伪，真诚待人，勤恳做事，能帮人处且帮人，甚至以德报怨，各界别、各层次的许许多多人都愿意跟他做朋友。在此上，一个信念长期醒在他的心间：爱朋友就是你自己首先要做到够朋友，而够朋友其实并不复杂，在利益面前不计较就可以交到朋友。

胡建勇出生于 1957 年，属鸡。踏上社会以来，他的人生历程大致可以划分成"三段"，我曾戏言为"一鸡三吃"：做木工，攥榔头三年；当记者，在新闻界握笔杆十三年；当私企老板，在风云诡谲的商界摸爬滚打二十余年。是金子总会闪光，不论走到哪里，胡建勇都奋力拼搏去实现人生价值。三个阶段他都不虚度年华：攥榔头，当上了上海市新长征突击手；握笔杆，荣获共青团中央颁发的好新闻一等奖；当老板，得到的大小各种奖牌秤秤足有十二公斤重，至目前为止纳税已接近亿元。

胡建勇在感恩父母的同时不忘感恩国家。他常在心中念叨，没有父母就没有我，没有改革开放让我们国家摆脱贫困、远离落后、走向富强，就没有我胡建勇的今天。是啊！一部厚厚的《圣经》，其实只讲了"感恩"两个字。感恩，是人类共生共暖的美德，一种自觉以行动相随的良知。

　　有些事鲜为人知。当私企老板到现在，胡建勇不动声色私下里先后赞助过两百多个贫困学生，前不久去新疆和田地区考察，又"认领"了两个穷孩子。他说："这是两块和田璞玉，有责任好好呵护和雕琢。"我知道，一部《悲惨世界》对胡建勇的影响太深了，作品主人公因为贫穷，百般艰辛无奈，然而又极为善良，不放过做好事的大小机会。我还知道，胡建勇的父母亲都是老共产党员，母亲介绍父亲入党，父亲当过一家大厂的党委书记。他们对儿子的要求是爱国家爱人民，要尽自己能力帮助困厄缠身之人。前两年，胡建勇出任文汇报大型项目组委会秘书长时，为支援汶川地震灾区，他亲自组织募捐活动，并以他母亲的名义向灾区捐款。可以想见，母亲对他的影响有多么深，他对母亲的爱有多么深。而他的爱不仅仅局限于母亲，分明是一种普世大爱！

　　似乎可以说，他的为人，他的经商之道，他对国家大事关切的程度，等等，他身上所有的质地闪光，都与以上由懂得感恩而迸发出的大爱相关连。难怪他能够先察蘋末之风，先知社会之需，那么快就在香港注册了"与世博会对接"的公司，并在一百八十四天世博展期内，排除万难，殚精竭虑，潜心投入创新运作而不舍昼夜，带领团队研制出了一千余款广受参博者和社会各界人士青睐的世博"特许"纪念品。

　　大写男人胡建勇，无愧于世博"首席参与者"的赞赏，值得尊敬！

懂善而得祥

  刚一见面，发现大家都老了，当然我比他见老。这不奇怪，大学里我本来就比他高两届呢。我是陪一位他的同班学友去看望他的。

  尽管他已过人事规则年龄，告别了为之竭诚尽智的新闻事业，身子骨依然硬朗。名满天下的窈窕淑女董卿，其修长身材显然是得到他遗传基因提拔的。从他一口上海话里，还挑得出他家乡崇明的口音。

  他的名字多好——董善祥，“董”与“懂”，音相谐，于是我将其理解为“懂得善而获得吉祥”，并猜想这是他父亲的杰作，显露着一种土地般的厚道和淳朴。记得有哲人说过，善，是精神世界的太阳。这颗太阳，一直照耀着他的人生之路，同时也照耀着他的女儿。

  数十年的路曲曲弯弯，深深浅浅走过来实不容易。且不提他大学毕业后去军垦农场“炼红心”的那段岁月是多么艰辛，就说先后在安徽、浙江的地市级机关从事文秘吧，要做到言之成理笔下有物，既逻辑自恰又符合领导要求，熬夜是常有的事。后来移动到嘉兴日报，挑起了副总编的担子，与同仁们想的是让报纸品质无愧于党的诞生地的荣誉，凭他那股办事的认真劲，不透支体力和精力是不可能的。那是一年春节，都年三十啦，他才披星戴月赶回家，发现家里的年货还在商店里，原来妻子一样忙于上班，也顾不上过年的事儿。两人相视而笑，彼此彼此，互无怨言。嘻嘻！善的定义即有益于他人，这样的事业为重，不就是原善演绎出的美丽公心吗？

善祥忆及一件事。有一回与新民晚报商量宣传上的合作事宜，因公事拖延了时间，路上又遇到堵车，让时任晚报总编金福安久久等候。金总在三十一楼办公室与底楼大厅之间几度往返，最后一次在大门口站立了个把小时。光阴荏苒，善祥却一直记着并常怀歉意。我知道金总也是一个很善良的人，两善碰到了一块，放大而成了弥足珍贵的真诚。

有道是"从善如登"。董善祥急公好义，扶贫帮困，赈灾救难总少不了他。遇事先考虑对不对，而不是考虑对自己有无好处。有时做了好事，还说是代劳的，这是人家的一份心意。平视受助者，言谈举止顾及对方的感受。是呀，行善之所以成为行善，就在于使受益者不觉得自己比施与者低下，这种不露痕迹的爱心善举包含着无穷的乐趣。

八闽盛情相邀，董卿和朱军赴当地主持一台重要节目。董卿随意问省委书记卢展工认不认识她爸爸，对方望着她摇摇头。董卿续问，董善祥您认识不？·在嘉兴给您当了三年秘书呢。卢书记握住董卿的手，说，他就是你爸爸？这个董善祥，他从不告诉我！

怎能不认识呢？当年卢展工去嘉兴任书记，初来乍到，董善祥陪他下基层，空着双手不带包，把茶杯贴身掖在茄克衫内，老卢以为他连外出用的茶杯都没有，说下回给你备一只。沿袭惯例，向基层介绍新来领导，应该让领导走在前面，董善祥却不是这样，以至于人家把他当成了书记。回去后，卢展工对着满办公室的人毫不介意地说，董善祥人高马大目标大，人家只认他叫他卢书记，说罢哈哈大笑。董善祥亦笑得很开心。善良质朴的他，压根儿考虑不到那么多呢。这就是董善祥，天然去雕饰、实实在在的董善祥！

对爱女董卿，善祥夫妇俩多有怜意。今年春节联欢晚会上，董卿出了口误，将"马东"说成"马季"。董卿认为那么隆重的场合，不应该产生这样的差错，对不起全国观众和马东，吃不香，寝难安。他俩不知道该如何安慰孩子。董卿的妈妈金老师说，春晚前后的那些日子，央视的相关导演和主持人都是超负荷的，晚会的前一天夜里，董卿还工作到凌晨，真的是太累了。我说，哎，就像做报纸的，整版文章中偶然出现一个错别字，那只是小小的遗憾。事情都过去了，人们理解她，一如既往喜欢她，你们就放心吧。

懂善而得祥的董善祥，已经不是以鞍为座的骁士了，但依旧是一个思想者。他心存东篱幽，兴至笔犹健，而且有那么一个好女儿，这是苍天赐予的最好礼物！

萧萧竹，连根情

沛县，刘邦的故乡，李白怀古、杜甫伤春之地，现今一派生机的热土，许多年之前我曾去过，下过当地的大屯煤矿，那时身为"青年报人"，见矿井里设有《青年报》阅报栏，心情澎湃得可以。这回重访沛县，登高台俯看云飞，履通衢又见"上海路"，振奋、亲切之感油然而生。

"我们和上海一直是自家人，"冯兴振县长望着我高兴的神色，说，"每年大屯煤矿向上海供应约150万吨煤。"心更近了。

"记忆中的沛县，穷，不是这个样子……前阵子从你们省里知道，这里现在是国家级园林县城，全国文化、科技工作先进县，全国创建文明村镇先进县。"面对清新整洁的街容街貌、象征汉文化之源的标志性建筑和令人眼睛一亮的农民新村，我由衷感慨，"沛县的变化真大！"说完，随口称他为"父母官"。他马上说："不不不，父老乡亲才是我们的衣食父母，我永远是农民的儿子。"

真正从精神层面认识冯兴振，是在细读了他的文章之后。两篇文章均刊登于文汇报，一篇为《母亲》，一篇为《永远的湖边草》。这是两篇锦绣散文，前者细节感人，催人泪下；后者托物言志，情真意切。

90

母亲常年里里外外挑着全家六口的生活重担，大冷天还下微山湖割零星芦苇，卖些钱贴补家用。在儿女们能够献上自己一份爱心的时候，却突然地走了。那是十八年前的事，冯兴振刚离开书香萦绕的学校参加工作不久。彻心的丧母之痛没有把他击倒，他相信母亲的胸怀里装着的是所有像自己一样的百姓，所以，他要把对母亲的回报化作对社会、对父老乡亲的回报。他铭记从小母亲对他的反复教诲：做个对社会有用的人。

冯兴振在江苏和山东共同拥有的微山湖畔度过了童年和少年。上学后，他的第一篇作文就是写湖边草，长大后也屡屡以"湖边草"为笔名在报刊上发表文章。这个农民的儿子，对家乡一往情深，在他的精神意象里，永远是一片苍茫无边的绿色，那是生命的象征、团结的象征，那是乡情的展示。

他承认这是一种"草根情结"。这情结与由"爱母"转换、升华而来的"爱众"情怀相互交织，注定了他心甘情愿为故乡沛县"尽忠尽孝"。2007年初，时任县委副书记的冯兴振高票当选为县长。当他向人大代表们鞠躬时，全场掌声热烈而经久。他当即意识到，这是信任，更是重托！沛县是一个拥有八十万农村人口的农业大县，如何让农民群众在更快发展中过上好日子，是摆在他和全县各级干部面前的重大课题。

实干、发展、惠民，是他的施政理念。

到镇村、田头调查研究，亲自上农技课，扳着指头和农民群众算改变种养内容和经营模式的"明细账"，是他的作风。

大家出主意，大事会上定，是领导班子发扬民主的好习惯。

以工业化带动农民致富，以城市化带动农村发展，以产业化带动农业提升，"三带"是沛县解决"三农"问题的漂亮"组合拳"。

广开思路、广开言路、广开财路，充分激发、调动和保护广大群众创业的积极性，是沛县兴农的不竭动力。

"不比条件比精神，不比基础比干劲"成了喊响全县的口号。汉高祖刘邦的一曲《大风歌》激荡千年，毛泽东同志曾奋笔手书。如今，矢志开创沛县发展新局面的沛县人，将其演绎为一种精神——敢为人先、勇于拼搏。

沛县农业告别了"提篮小卖"，讲高效，讲规模，实现了产业化，并在江苏省率先建成了外向型农产品加工园区。许多国家级龙头企业在这里落户。三大主导产业：生态肉鸭、创汇特菜、优质稻米，覆盖全县三百多个村，五十万农民直接受益，十万农民在产业链上创业致富。沛县实现了跨越式大发展，进入"苏北发展的第一方阵"，成为全省的一面旗帜。

农民群众手头宽裕后，新一轮建房热悄然兴起，沛县的新农村建设面临着提升档次的重要机遇期。沛县遵照科学发展观及时提出了"适度集聚、节约土地、有利生产、方便生活"的原则。示范引路，逐步推开，涌现了一批"民富、村强、貌美"的样板村，走出了一条新农村建设之路。

以政策、知识、科技武装自己，这是干部的日常"功课”。一分耕耘一分收获，靠的是自觉。冯兴振勤于学习，善于把体会、思路形成文字。当时他去援疆，三年时间里沿着孔繁森的足迹跑遍了塔城地区七个县的村村场场，在推广农业新技术的同时，撰写了多篇关于调整当地农业结构的调查报告，被有关部门定为西北大开发的指导性文章。至今，发表关乎“三农”的论文一百五十余篇，体现了他对党的政策的理解力、执行力和执行过程的创造力。

在他抒怀明志的文章中，多次引用郑板桥的一首诗：“衙斋卧听萧萧竹，疑是民间疾苦声。些小吾曹州县吏，一枝一叶总关情。”这位农民的儿子，以推进生态文明建设、培育新型农民为己任，把情紧紧系于沛县人民。

我发现，“草根情结”继续在他身上闪烁着。他说：“千难万难，不能让困难群众作难，财政勒紧裤腰带，也要将新增财政尽可能多地用到困难百姓身上，确保每个城乡居民都有饭吃、有衣穿、有房住，确保都能得到基本医疗救助，确保每个孩子都有受义务教育的机会，确保每个考上大学的学生不因贫失学。”沛县人民切切实实感受到党和政府的温暖，体味到和谐生活的甘甜。

萧萧竹，连根情。冯兴振只求做一个无愧于高天厚土、人民群众能把他当作亲人的农民的好儿子。这是他始终感动我的。

外地朋友

这帮在上海拼搏多年的外地朋友都有点文化，喜欢读书看报，生性豪爽，无顾忌，不怕辣，边吃火锅边海阔天空地神聊。有的把手机中的短文读将出来，叫大家笑得前仰后合；有的说如今春运的人潮不亚于当年"红卫兵大串连"，两者却有质的不同，一为误国，一为建国；有的说现在上上下下最时髦、最得人心的用语当数"和谐"……

小李工余喜欢写写小文章投给报社，不屈不挠地投了三十余次，终于发表了一篇。他认为这是自己"价值多样化"的体现，并为此而不无得意。他对"和谐"的理解很具象："公鸡与日月和谐，才准确报出了子丑时辰；柳枝与春风和谐，才摇成了那副俏模样；火车与铁轨和谐，才实现了轰轰烈烈的远行。"出口成章，难怪同伴亲切地称他"我们的土秀才"。

朋友叶说，老祖宗造字真有意思，你瞧，"和"字是"禾"加"口"，寓意吃饭，饿着肚子和不了，吃饭是第一位的；"谐"字是"言"加"皆"，寓意人人有话要说，大家都可以自由发表意见，不说闷得慌。正说间，突然咳声大作，以至于喷出实物来，眼中闪烁着泪光——他被辣货结结实实地呛着了。少顷，叶自嘲："说话是人的权利，却原来也要看时间和场合哩，不掌握好是不行的。"

春节在即，无不想远方老婆的。但奇怪，纷纷数落老婆的不是，看来老婆不在男人们说话都忒大胆，这叫当面一套背后一套。典型透顶的是林，他说："我的当家人最不是东西，我不去洗脚房，也不去泡妞，规规矩矩，一年辛苦所得，回去悉数上缴，而且是先交钱后交情，要不然，唬起脸来像煞母夜叉。"随即改口道："也难怪，老人要吃饭，孩子要上学，如牛负重。哎，谁让我'顶风作案'，硬着头皮超生了一个带把的娃。其实，想明白了，男孩女孩都一样。我这是自作自受呀！"

火锅舒心地辣，话语纵情地缤纷。一致的体会是，我们为大城市建设出力，大城市也给了我们宝贵的馈赠：改变了我们的许多观念。

施惠于群

　　对一个人的总体印象，特别是品质方面的记忆，是超越时空的。这篇献给已故施惠群同志的文章，不提具体的年月日，是不想把他给推远了。

　　往事历历。他仿佛就站在我的面前，谈着，笑着，扳奋着，沉思着。

　　踏平坎坷走来的施惠群，是个务实者，又是个远见卓识者。当时，作为《青年报》总编辑，他清楚自己肩上的责任。他的办公室和其他部门一样，没有"老板台"，更谈不上空调机。每天他早早来报社，坐的是一把木头靠背椅。审看大样，或阅读兄弟报刊，或审批下面送上来的报告时，有时心有"截获"而兴起，免不了发几句议论、感慨。话语率真，襟怀坦荡。

　　一天，我有事去他办公室，刚走进门，他就指着桌上的一份报纸，喜形于色地说："元沧，我第一次发现可以来回读的标题。"我凑近一看，原来是《我为人人人人为我》。"有意思吧，"他接着说，"人，作为社会人，是互相支撑、互相依靠的。凡事从'我'做起，遇事多为他人着想，才能来回通；唯有群策群力、和衷共济，才能一通百通。这个标题'来回一意'，是向善之心赢得的'天作之合'！"

老施脱口而出，却给予我很大的教益。

夏秋之交的一个傍晚，快下班了，他打电话问我今天晚上有没有事，没事的话出去轻松轻松，他请我看戏。我们一起从报社出发，去了当时的"兰馨"戏院。我发现，施公之意不在戏，而在乎谈心，做思想工作。他向我提出希望，要我在版面革新上多动点脑筋，以切合新的形势。我为难地说："老施，我的关系还在宝山教育局，还是临时工呢……"没等我说完，他就说："这有什么，临时工也是'工'，你大胆去做，我支持你！调动的事，我会放在心上的。"和颜如春，悦色如晖。这般平易近人，真让我服了。

改革开放伊始，上海人不如南方人放得开，没有哪个单位、哪家报社敢发奖金。《青年报》像阵中蹿出的"赤兔"，带了一个头，犒劳每位职工。老施关照财务科做表造册，按人头发放。"大家很辛苦，报社发展的势头不错，要鼓鼓劲。我就免了，这样有什么麻烦我好说话。"虽然每人只有区区 50 元，但是全报社摞起来，在当年也算一笔不小的钱。难能可贵的，是他的开放意识和人本情怀。

后来，施惠群同志迁调上海市人民政府工作，担任过市府副秘书长、"新闻发言人"。有一天，我收到他热情洋溢的一封信："昨天在《解放日报》上读到一篇署名'曾元沧'的文章，虽然天下同名同姓者多，但同一个家乡，同样出产桂圆的就不会那么巧了，所以我断定此文出自于你的手……文章写得很感人，引起我的共鸣，我读得流下眼泪……正如你文中所说，'一个人，只要信念之火不灭，他就不会沉沦，他的脚步就永远是向前的。'让我们共勉吧！"尽管职位变了，他的心依然紧贴着大地沃土，血脉中汩汩涌动的还是平民的情感啊。

上海新的火车站启用在即，施惠群同志安排了一次义务劳动——布置候车室，市府办人员，加上铁路局的同志共十三四个人，时任上海市市长的江泽民同志兴致勃勃地参加了义务劳动。事毕，老施让我留下看建站过程录像，交给我"写作任务"。这是对我的信任，自知笔拙而勉力不怠。每每想起彼时情景，总有春风过脊之感，并油然而生对他的思念……

"我为人人，人人为我。"晚辈在《新民晚报》新闻部履职期间，老施病重住进了瑞金医院。我和"名记"何建华同志商量，他的那么多好事善举，应该让大家知晓，他的精神应该得以弘扬。征得总编辑老丁同意，建华前往医院病榻前采访，写的报道上了头版头条。这是律己为公、诚以待人的老施应当得到的一份人间真情。

"凡事从'我'做起，遇事多为他人着想"。施惠群同志重诺为金，身体力行，生前默默"认养"、资助了许多贫困家庭的孩子。"结对帮困"就是他率先提出的主张，这一饱含大爱、富有创意的"金点子"，真正落实了"施惠于群"。我相信，全国得到及时有效帮助的贫困者明晓了这一切，一定会想您；从而对人民政府的关怀"同唱一首歌"。

"我劝天公重抖擞，不拘一格降人才。"老施，难得啊！莫道个人渺小，人生如梦，且看他为谁活着，如何活着。

一个人活到像他这个份上，是极其高尚的了。形骸有尽，精神不灭，施惠群同志虽然离开了我们，但他为之呕心沥血的事业将薪火相传、云蒸霞蔚！

天鹅之恋

绿树森森，鲜花丛丛。生态园内，偌大一个人工湖！天鹅在清澈的水中游弋，五六只，全是黑的，自由自在，似乎"乐不思天"。

坐在湖边的船亭里，拒绝骄阳直射，沏上香茗与清风共享，海阔神聊，惬意油然自得。李国伟发现，有只黑天鹅摇晃着爬上岸来，很绅士的样子，向以碎太湖石围就的故巢踱去。"要下蛋啦。"细心的李国伟招呼园里工作人员，"再给它铺上一些草。"大伙儿不约而同地投去好奇的目光。

"为什么都养的黑天鹅？"想起它的同族"白毛浮绿水"，我在将杯子递予生态园餐饮部经理傅萍续茶的同时，随口而问。

"这和他……"傅萍正想释疑，见老总李国伟已别开话题，便欲言又止，"等会让他自己讲吧。"

交谈得知，李国伟告别北大荒后一直跟那边保持联系，生态园会所里还开设了东三省特色农副产品陈列室，与其说供客人参观，不如说留一份亲切在身边，当然也与上海市场对接。据说，眼下上海三分之一的粮食来自于东北。

不禁想起看过的一盘录像，是李国伟和当年的黑龙江格球山农场战友，在纪念知青上山下乡四十周年前夕重返农场时录的。画面中一帮子人和衣躺在雪地上，又是打滚又是呼叫，一个胜似一个的老顽童。临别时，李国伟刨开冰雪，取了一大袋黑土，带回上海装进大陶缸，亲手种上了开心果。

李国伟十六岁就踏上了北国荒原，跻身于十六万上海知青行列。一个城市嫩娃，"战天斗地"——"一只破壳雏鹅"，面对冰雪严寒。这，就是历史插页冷峻、枯健的笔触。但他挺过来了，应了那句"自古英雄出少年"的励言。"人行我也行，决不落后"，内心世界的呐喊，扬起了他生命的风帆。后来连队安排他去管水房，负责众人的日常用水，他咬着牙一次挑四个水桶，压得腰弯腿打颤，却从来不言愁。六十余人一间宿舍的集体生活，使他逐渐变得开朗热情，不再孤僻，学会关心人，乐于帮助人。回首既往，李国伟说："人类的最大本事就是不断地把消极的东西转化为积极的东西，这才辉煌如今。吃过苦才有了理想和追求，北大荒的磨炼，给了我人生坐标。"

悠悠岁月，承载着艰辛荏苒前行。六年后，二十二岁的李国伟回到了上海。在街道生产组时，他吃苦耐劳，不怕伤痛，让叔叔阿姨们看在眼里都心疼；进了强生出租公司，又是个"拼命三郎"，先开出租车，不久就挑起了一队之长的担子。改革开放初期，公司任命李国伟为三产经理，那种敬业精神，更是给身边同事特别是小字辈，树起了学习的标杆。如今，李国伟精心打理的生态园，被浦东新区誉为"一颗生态明珠"。来园参加"休闲创意产业高峰论坛"的专家代表，除了称道他们为弘扬科学健康理念所做的努力，无不惊叹这里的优美环境和文化氛围。啊！沧桑赤子情依旧，与时俱进心不老。

"共度时艰要把国家当自家，共建和谐要把自家当国家。""低潮时要把自己当作人，高潮时要把别人当作人。"他的这番人生感悟耐人寻味。也许可以这么说，某种意义上像"南泥湾"的北大荒，它的功劳在于造就了一代人，并通过他们把爱国情怀、事业信念和思想架构传给了后人。

李国伟时常徜徉在龙的意念里。也巧，他出生于龙年，小时候家住龙门路，就读于龙门路小学和中学，离开中学后又去了黑龙江。一路龙翔龙舞，一身龙气龙神。所以，他谑言自己是"不缺斤少两的龙的传人"，把园林生态会所也冠名为"龙缘"。"龙的传人"，既有想象张力又有可视内容，真是一个多么中国特色的称谓呀！

属龙的李国伟缘何爱养黑天鹅？言为心声，他说："黑天鹅黢黑质朴，又有点通人性。有时候，看着黑天鹅，眼前会幻化出北大荒的垄头阡陌来。"稍停，两眼放光接着说："你们注意到没有，黑龙江省的形状就像一只天鹅……"原来，李国伟也绕不过"爱屋及乌"定律，黑天鹅背负的正是他的黑土地情结。

那只黑天鹅悄然离巢，轻松地弄湖去了，曲项不作向天歌，好像什么都未曾发生过。

婵琳本色刚柔间

"登天入地史无前",中国站在了时代的高点上。我国已经建成和正在筹建轨道交通的城市有二十余座。轨交建设的队伍是何等的浩浩荡荡、充满生机。作为来自于这支大军的党的十七大代表,全国轨交系统惟一的一名代表,严婵琳在赴京前夕又是处理手头不能拖宕的业务,又是有选择地抓紧"充电",格外忙碌。

时间是挤出来的,严婵琳应我意向这样做了,大概是拒绝不了我的真诚。交谈伊始,两个"希望"碰到了一块,我希望她多多配合,她希望我多写写集体。正是这个"碰撞",撞出了她的思想火花,也使我对一个好的群体之于个人成长的重要性的认识有了升华。光明磊落的心最好接近,采访全过程我和她谈得甚为投机。

毕业于上海大学无线电技术专业的严婵琳,1991年7月"双向选择"进了上海地铁运营有限公司,从技术科做起,脚印清晰,思索与创造不断,直至现在担任"通号分公司"总工程师,上了市劳模榜。说到自己能有今天,她感恩故世的父亲、健在的母亲,感谢通达的丈夫。父亲是复员军人,生前供职于隧道公司,再苦再累无怨无悔;母亲当年在街道生产组就业,一样表现出强烈的工作责任心;丈夫负责轨交四号线工程,理解她对家庭的"忽略",支持她不断攻克轨交闭路监控系统技术难关。父母的严格要求和潜移默化，使得婵琳从小就好学上进。家室和睦，省却了后顾之忧。严婵琳记情身边诸位同事，她说每项任务都是在大家通力合作下完成的。严婵琳特别感激党组织对她的栽培。她是 2004 年加入中国共产党的，组织上给她"压担子"，让她在第一线经受锻炼。她深有感触地说，组织指明方向，集体给我力量。审溯她的成长历程，仿佛让我把《钢铁是怎样炼成的》重新读了一遍。

岗位上，严婵琳是一位女强人。从项目启动，召集施工现场会，控制工程进度到质量把关，她都亲临第一线。轨交网络系统的改扩建，一定要在晚间列车停运后实施。急人的是必须掌握好"要点时间"，地铁列车每天凌晨 3 时半始发，这是耽误不得的，所有的事，包括硬件安装、软件升级、系统割接、修改数据下载至各车站后进行功能调试与确认，都必须在这个时间节点内做好，才能保证列车正常运行。其间，一刻半会都不能休息。严婵琳总是指挥若定，一次次经受了"共线运营"对远程监控技术提出的挑战，任务越艰巨越能交出满意的答卷。

生活中，严婵琳是一个富有爱心、懂得体惜、秉持品位的人。她深入家访做思想工作，促使职工家庭破镜重圆，在单位里传为佳话。下班回家，书籍和音乐是她的最爱。周末陪孩子上英语课由她"承包"，以弥补平时关心之欠缺，也好让丈夫安心去张罗自个的事。今年 3 月 8 日，上海市女工程师协会举办活动，严婵琳参加"轨道交通学组"时装表演，T 台上的她一袭合身旗袍，台步中规中矩，顾盼生姿，俨然一个时尚淑女。是呀，生活本该丰富多采，哪个英模食的不是人间烟火？

婵琳提议，去看看"网络运营协调与应急中心"吧。我早听说这是上海轨道交通的骄人之作。这里配置了综合显示、通信设备、预案管理三大系统。但见四十八块大视屏组成了一个巨幅屏幕，各条线路的站头设置和列车运行情况一目了然。凭借这个中心，轨交始终处于可控状态，确保了地铁运营的有序、畅通和安全，也大大加强了处理突发事件的能力。令我吃惊不小的是，如此高端的闭路监控设施，靠的是"自力更生"，严婵琳领衔的技术团队，不曾为此"出国考察"过，而是从实战中总结经验，因地制宜，充分听取各有关方面的意见后制定方案，大胆采用模拟光纤传输技术开发出来的。技术团队"国产化研制"的创意和辛劳，还结晶在线路信号、通信、报站、票务等环节中。难怪有人赞扬"领队"严婵琳：用智慧擦亮了地铁的"眼睛"。

这就是事业上"刚"、生活中"柔"的严婵琳。周围同事赠予她雅号"铿锵玫瑰"是再恰当不过了。如今上海轨交客运量日均达二百六十万人次，但愿大家能记住，有那么一批敬业者在提升上海地铁网络化运营水平中默默地作着奉献，给他们送上心香一瓣。

中华中华，多少志士仁人为您殚精竭虑，豪情满怀写春秋。严婵琳赴京与会前夕对我袒露心迹："一定牢记重托，不辱使命。"我闻之欣然，并预祝她凯旋。霞光满天，东风作伴！

"拳拳"的美丽诠释

匡算了一下，二十世纪八十年代末大学毕业，而后工作了十五年左右，自行创业至今又历经十五个春秋，严健军的年龄"段位"就不难清楚了，与写在他脸上的岁月大致相符。

说大致相符，是看上去偏小，因为他充满朝气，显得年轻英俊，在我眼里那是一位全国劳动模范具有的风采。

劳动创造世界，也开发着快乐。

设身处地，笔者能理解。从 1994 年创立上海致达科技（集团）股份有限公司，到现在企业成为中国民营企业500 强，名列第 170 位，其中艰辛多多，有时甚至是困难重重。严健军说，我的快乐是在工作中寻找的，把问题处理好就是快乐。每克服一个比较大的困难，好比战士最终拿下了攻打多时的碉堡，就会有一种成就感，一种别人体会不到的愉悦，那种快乐是从内心往外弥散的。

他应该拥有成就感。你想，十五年来，集团已经形成了具有较高科技含量的智能电器板块、信息产业板块、产学研相结合的科教产业板块。其中，荣膺上海市科技成果奖的智能电器板块中的 ZD-200 电力实时数据测控处理系统，早已应用于电力、轨道交通等领域；信息产业板块的

"数字信息终端产品",成功推广至长三角;证券显示屏LED 系列产品,已昂首阔步打进国际市场,出口日本、埃及、俄罗斯等国家;LCD 显示器、LCM 模板等产品的高端市场正在不断拓展,已然成为海尔、松下电工、三菱、三星等知名大公司的供应商;产学研联合开发的手机电池锂离子材料,捧取省级 2005 年科技进步一等奖;上海市高新科技成果转化项目——全采光隔声通风窗,获得国家专利……基于如此辉煌的成就,企业被评上 "中国民营科技企业创新奖",实乃题中应有之义。

对成绩的取得、企业的进步与发展的所以然,严健军归纳为五种精神:创新精神,这是企业的灵魂,生命力之所在,公司平均每年投放一千多万元资金用于产品的创新研发;坚忍不拔的精神,顺利的时候不要自大,受挫之时不要悲观,他的比喻通俗而又形象,好比孩子学走路要不怕跌跤,否则永远不会走,更不要谈奔跑了;刻苦学习的精神,世界在不断发展变化,新的经济模式随时出现,科技新信息层出不穷,不注重学习就要掉队,就有可能被淘汰出局;优化团队的精神,企业文化就是以企业领导人为核心的文化,企业领导必须懂得人文关怀之重要,努力营造和谐互助的氛围,实现企业文化为优化团队服务,不但要使员工有一种归属感,把企业视为家园,快乐地为企业释放能量,而且要为他们的"空间诉求"着想,有计划地进行培训,提高他们的思想、业务素质,做到有更多的能量可以释放,愿意释放,与企业同成长共发展;感恩的精神,没有改革开放,就没有企业和全体员工的今天,认识到这一点，就懂得了感恩，就不会仅仅为了一份薪资而忙碌，而是自觉地为回报社会尽职，为造福人们工作，这样，感恩就化为了进取心，才会有永不止步的动力。成功之道，诚哉斯言！

身为董事长的严健军具备了这五种精神，并带头身体力行，特别体现在感恩时代、回报社会上。汶川大地震发生后，他第一个打电话给上海团市委和普陀区工商联，表达了极大的关切，并通过市青少年基金会、区红十字会慷慨解囊，之后又义无反顾地奔赴重灾区，实实在在地做了许多赈灾的事。十五年来，公司先后为社会公益和慈善事业捐助了千万元善款，每年为近千人提供就业岗位。这就是敢以铁肩担道义的我们的优秀民营企业家！

不由让我想起了一个众人用以褒奖的词语来——拳拳之心。何谓"拳拳"？将奉献国家和人民当作快乐的严健军，给了我们一个很好的诠释：拳拳者，真挚、爱心也！其实，"拳拳之忠"历来被用于仁人志士身上，乃司马迁在《史记》中遣用的一个彪炳之词。严健军的行动链接了中华传统文明，但赋予了具有时代特征、覆盖面更广的涵义。

严健军何以致拳拳？其表现形式为感恩、回报，而深层次的原因则在于他对人生认识的不断升华，直至通透。他的性格本来是比较内向的，然而当他感悟到有涯之人生必须体现出价值，而价值观会影响心情、工作，会引导生命走向时，他正视自己性格方面的弱点，通过持之以恒的努力，让自己始终保持一种良好的心态。特别是去了汶川灾区之后，深感生命的意义在于关爱社会、他人，包括家人和朋友。于是他敞开心扉与人沟通，笑对困难，笑对人生。他的结论是，性格也是可以改变的，关键在于重视加努力。他喜欢并挂于办公室的"致祥达德"的条幅，真实地反映了他勇于超越自我的心路历程。

"致高、致强、达天下"。致达公司始终把主营方向放在科技类产品开发和营销上，产品定位顺应国家产业政策，主动融入国家发展主战略。十五年的创业激情，十五年的孜孜追求，历经稳步成长、战略扩张、产业升级几个阶段，打造民族品牌，参与国际竞争，为实现中华民族伟大复兴发挥了助推作用。我为有这样的民营企业而激动不已、放飞遐思。

如今，中国的民营企业家是一个怀有拳拳之心、奋发有为的整体。他们的进步经历了一个艰难的过程，企业的发展是"你挑着担，我牵着马"迎着风雨走过来的。如何全面、正确地看待民营企业和民营企业家，是摆在全社会面前的一个大课题。只有理解、尊重、关心他们，善意地为他们"把脉"，多给他们以鼓劲，才有助于中国民营企业的健康、快速成长。像致达这样的民营企业，谁能说不是我们国家的宝贝？像严健军这样的企业家无疑是中国民营企业家的中坚，无愧于人大代表的光荣称号。

说句心里话，采写这篇文章的过程我之心亦拳拳，是倾注热情的。谨以此文献给伟大的改革开放三十年。

红木"林"中玉秋风

今日中国，尤其是经济发达地区，城市不分大小，许多小康人家都想拥有一套红木家具，作为兼具实用与审美双重价值的居家享受。于是应运而生，不同地域的红木家具制造业，无论是京作、仙作、苏作，还是广作，都得以跨越式发展，其店铺亦林林总总难计其数。

黄玉秋认为红木有灵性。所以，按照设计需求下单开料之后，对木料的脱水处理大有讲究，烘的时候温度和时间都要掌握好，必须恰到好处，材料湿度大，做成器件后收缩性就大，容易产生相关联的问题；如果烘过了头，红木则将流失油脂，招致无光泽，苍白而无灵性。

在他看来，有了真材实料，脱水处理是保证红木家具品质和品相的"第一关"。他强调，这是对顾客负责的"潜在性服务"，有道德心的制造商，必须将服务"前移"，自觉把好这一关。接下来是工艺关，有了过硬的技术支持，才能让图纸上的东西变成精准漂亮的实物。

一席话，托出了他的心，以德为先的心，一颗为他人着想的"清商"之心。

采访的过程也是学习的过程。众所周知，如今市场上的红木，价比黄金。由此不禁想起改革之风乍起的年头，当时黄金饰品极为紧俏，我去"上海宇宙金银饰品厂"采访，写一篇报告文学，楼梯转弯处，一幅大字赫然映入眼帘：黄金诚可贵，人品价更高。那是提醒员工"戒贪心"的，印象非常深刻。而那时候我对黄金的知识贫乏得很，连"18K""24K"是怎么回事都不懂，只好老老实实凡事问从头。

这回亦然，我对红木家具知之甚少，当然只有虚心请教的份儿了。好在采访对象黄玉秋十六岁就开始学做红木匠，勤奋好学，知识积淀丰厚，加上他心地磊落，可以做到有问必答，有答必清。

——"红木家具"是一种混称，用材包括印度小叶紫檀、海南黄花梨（降香黄檀）、鸡翅木、酸枝木等硬质木料。不同木料价格悬殊，购买之前先做些"功课"很有必要。

——除了海南出产黄花梨，红木主要来自于东南亚一带，老挝、柬埔寨、泰国和越南的大红酸枝木，都属于高档红木。现在，有些树种被产地国立法禁止出口，造成红木量少价高，大料一吨要十多万元，红木家具的价格"水涨船高"就不可避免。

——中国红木家具历史上的辉煌时期是明清两代，沿袭而形成明式、清式两大流派。明式讲究线条简洁流畅和与人体的"相贴相拥"；清式注重纹饰，雕工繁复精美，于方正形态中显露雍容华贵。各有千秋，随人喜爱。材质的稀有性和工艺的传统美，使得红木家具大受消费者尊崇。

——太平盛世，红木家具正在逐步成为整个社会的财富，不再是极少数人的专用，这与经济强劲发展和住房普遍改善不无关系。人们喜欢红木家具，是看中了它的观赏性、实用性和保值升值功能。可以说，红木家具是供你自用的，把钱投在它身上比存银行的收益还好。

——刚才你说到红木家具的保养，我认为正确使用就是最好的保养。置之不用，如果环境不怎么适合，就不利于保持好的品相。买了就要用，经常轻摸细擦，加上与清新的空气自然接触，几年后它的表面就会形成一种"包浆"，会更加有光泽，更为耐看。红木家具坚固耐用，常用常新。就目前看，最动销的，也是升值最快的，是书房、餐厅及客堂用的红木家具……

问答式的采访，给我上了一堂课，获益匪浅。然而，更高兴的是，黄玉秋的坦诚，让我走进了他的内心世界。

黄玉秋出生在福建仙游榜头镇坝下村，当地自古以来出能工巧匠。他对"仙作"非常自豪："仙游木雕的历史极其悠久，独特技艺无人可以匹比，哪怕是依样画葫芦也做不到。"

黄家世代贫寒，玉秋从小勤劳、懂事，并立志为改变家乡落后面貌献一分力。改革春风吹到小村，吹"火"了传统工艺，黄玉秋备受鼓舞。当能工巧匠纷纷办厂开店大展鸿图的时候，他跃身行列，叩拜高师，闻鸡起舞，几年后学得了一身好手艺。他的第一件作品是"托泥皇后圈椅"，其雕工之精美，受到师傅和同行的高度赞赏。回忆那段学艺经历，他难禁感慨："不停地打坯，雕刻，很累很累，又是粉尘，又是木屑，脏兮兮的，没有穿过一件像样的衣服……"经过艰苦打造，他办的红木家具厂的规模也逐年扩大，制造，营销，有序循环。家乡坝下形成了红木家具一条街，全国各地的买家和批发商蜂拥而至。

然而，天有不测风云。2008年，世界范围爆发的经济危机波及中国，这一年成了红木家具行业从高潮到低潮的转折点。当地有一千四五百家红木家具厂，供大于求，竞争日趋剧烈。就这样大家拱作一堆，在"碟子里争食"吗？他不愿意。家乡的面貌有了明显变化，人们的日子逐年改善，父老乡亲们不容易呀，损了谁都不好。心地善良的玉秋绝对不做损人利己的事，决定率先走出仙游，走向大市场——上海。于是，上海黄兴路上出现了集开发、设计、生产、销售于一身的"华玉阁红木家具有限公司"（旗舰店）。他姓黄，选择黄兴路讨个好口彩。进了上海才体会到，竞争照样残酷，有些同行的挤压简直到了信口雌黄、肆无忌惮的地步。黄玉秋默默忍受，踏踏实实做事，不屑于以牙还牙。天道酬勤亦酬善，一年后市场开始回暖，"华玉阁"逐渐扩大了市场份额，度过了难关。于是有了现在的上海虹桥、宝山"华玉阁"分店；于是有了以上海为中心、走向长三角乃至全国的布局设想。黄玉秋凭借魄力、韧劲和诚信，走进上海并站稳了脚跟，凭借家具质量、适当价格和优质服务赢得了客户，为"仙作"红木赢得了荣誉。

他的红木家具展厅里，琳琅满目，美不胜收。我发现，大小器件都是"光身"的，没有上漆。问其故，答曰：一，这样子更直观，用的是什么材料，做工如何，有无以假乱真，有无乱拼补，一目了然；二，上漆隔断了木料与空气的自然接触，不利于"包浆"的形成，影响红木家具的品相。

"我不主张上漆，除非买家要求。"从家具的风格看得出：他的心也是透明的！

正好有一位顾客前来看货，我们的交谈暂歇。他向客人介绍不同红木材料的特点，如何鉴别，一五一十，说得非常细致。还教客人，挑选红木家具除了看材质、式样和品相，还要看榫眼是否光滑与严密。对方大受感动，说："我第一回碰到像你这样耐心做生意的。好，这套家具我买下了，看你这么实诚，我也不还价。"事后，他对我说："君子生财有道，不能蒙人坑人。"店内员工告诉我："你没看到呢，平时他就是这么做生意的，不厌其烦，童叟无欺。"

员工又告诉我，每一笔交易我们和顾客之间都订立合同，把家具的材质等相关细则都写清楚，发票上也写得明明白白。还说，买回去用过后如果买方出于某种原因不想再留用了，只要不损坏，可以回购。我们货真价实，而且红木家具肯定是增值的，我们敢于也愿意这么做。

这里红木家具的价格相对比较低，这是因为他们从"源头"上为用户精打细算的结果。"华玉阁"原材料充足，大中小齐备，整套家具下单后，特别注意选材，大材不小用，还注意"套裁"省料，每个环节都重视节约，有效降低了成本，从而把让利买家落到了实处。

黄玉秋爱家乡、爱乡亲，希望家乡一年比一年好，凡是公益的事都积极参与，慷慨解囊不落人后，希望大家精诚团结，共同富裕。在外不忘实事求是宣传仙游红木家具的优势，每年回乡十几次，不忘向同行乡亲提供外面市场的供求信息，交流从业的心得体会。对邻村的"连天红"

红木家具企业有些人缺少理解，甚至出言不逊，他却褒扬有加，认为发展是硬道理，"连天红"的做法有创意、有气派，大大提升了仙作红木家具在全国的知名度，为家乡经济进一步发展立了大功。赞赏同行，是难能可贵的商家品质，是一种思想高度，足见其胸襟有多宽——这，就是红木"林"中的玉秋风。

套用并改动一下当年在"上海宇宙金银饰品厂"看到的那幅对联——红木诚可贵，商德价更高。笔者欣喜地看到黄玉秋赢得一片明媚天！

上海 "001"

一头扎进上海四十余载，依然不改对中式快餐的喜好。2007 年在北京，一爿名叫"吉祥"的连锁馄饨店吸引了我。我从写满馄饨品种的墙面菜牌上挑了"香菇荠菜馄饨"，女店主据此而断言我是上海客。我笑着默认了。

已经记不得它的连锁编号了，但还记得与店主的一番交谈：

"一方水土一方习惯。北京人爱吃什么馄饨馅呢？""茴香菜馅呗。本来'吉祥馄饨'里没这馅，向总部提了建议，很快就同意增加这个品种，让北京地区自己做。""你说的'总部'是上海世好餐饮管理有限公司吧？""是啊。总部向连锁店提供品牌、配方和工艺流程。开张的时候总部还派人来指导呢。""噢，讲究规范，工作做到家了。""请你给老总捎个口信，我们北京十八家连锁店一定按照总部要求好生经营，请放心。"

原来，她下岗后一直闲着，从朋友那儿得知吉祥馄饨特许经营是团中央"青年彩虹工程指定创业项目"，知名度高，觉得合适就申请加盟，就业的事终于有了着落。难怪她叫起"总部"来是那么的亲切，那声音是裹上深情从心底发端的。

　　回上海后,我采访了"吉祥"的领军人翁联辉,并"原版"捎上那位北京女士的心语。翁联辉创办中式快餐业,对他个人而言,那是一次坚强而充满智慧的选择;对社会而言,则是一片彩霞,一种功德。

　　二十世纪九十年代末,翁联辉供职的上海轻工行业,同样经历着革故鼎新的"阵痛"。他从一个子公司总经理的位子上退了下来,一时间陷入窘境。好在他有着大学金融专业知识,又有多年实践经验,他相信只要共产党人的意志在,"改革开放的大舞台总有自己一角"。与专事创业培训的老师探讨之后,他决定从经营方式较传统、品牌观念较淡薄,而群众基础深厚的行当入手,开办特色馄饨店,闯出一条做大做强中国传统小吃之路。

　　翁联辉永远记住了2000年的2月1日。这天,他从上海市工商局甘局长手里领到了上海001号个人独资企业营业执照,心中百感交集。那一夜,他翻来覆去睡不着。同样失眠的有妻子,还有母亲……

　　就这样,翁联辉拿出了失业补贴和家中全部积蓄,在人民路上开出了一爿小小的馄饨店。前店后工场,既当老板又当伙计。他暗地里自忖,开一家馄饨店,再怎么样也大不起来,如果用自己创造的小吃品牌、管理模式、专业技术和企业文化去开连锁店,那就可以变成一个很大的事业。麦当劳花了五十年成为世界五百强,人家做得到,为什么我就不行呢?开弓没有回头箭。他笃信:天道酬勤。

　　事情是做出来的,事业事业,有"事"才有"业"。他马不停蹄,组建了"世好"餐饮公司,成立"全国连锁企业部"，启动"特许加盟连锁经营"。至 2008 年，九年来上海本地的吉祥馄饨店已增至百家，公司统一加工食品的车间面积扩大到了六千多平方米，年生产馄饨 2300 吨，开发出百余种口味的馄饨，常年供应六七十种；同时，"吉祥"已走进全国四十余座大中城市，拥有六百余家连锁店。北京、天津、石家庄、沈阳……诸城尽开"吉祥"花！

说起做特色馄饨这一行，翁联辉感谢母亲对他的潜移默化。小时候，母亲能做一手上好的荠菜馄饨，尤其是传统冬至那天，必定要让全家美美地吃上一顿馄饨。每每煮好之后，总是不忘送给邻人分享。母亲常说："'做人家'就要懂得'做给人家'，不能只想着自己，要对别人好点。"母亲的身传言教，分明是沁人心脾的大爱春风！

翁联辉如是说，我取"吉祥"这名字，一是希望人家好，二是希望自己好，总之希望大家好。话语质朴，心胸坦荡。我不由想起一个与"吉祥"相关的传说。相传古代有一种叫"吉光"的神兽，毛皮为裘，入水数日不沉，入火不焦。神兽出现之日，就是风调雨顺之时。后人引"吉光"为祥，祈求吉祥如意。而翁联辉"希望大家好"（公司亦取名"世好"）无疑是想为众人造福，与他母亲的心愿一脉相承。

爱，因能潜入心灵而变得伟大。冰心曾经说过"有爱就有了一切"。这爱渗透到翁联辉做人和企业的方方面面。公司的标志理念，原文案是"有吉祥就有爱"，经过员工讨论，最后定为"有爱才有吉祥"。是啊，企业本身也在不断得到来自于党、政府和社会的关爱。这一改，自身定位和观念指向就不一样了，爱成为企业和员工行事的精神守则，倡导了一种爱心文化。公司常有德举善行，视回报社会为义不容辞的责任。

翁联辉始终把爱心贴近弱势群体。仅上海一地，"世好"就让一千多号人告别困境，在重新撑起的一片蓝天下，脸上绽放再就业的喜悦。他与市儿童福利院签订"认亲结对责任书"，对认养的孤儿备加呵护，鼓励去夜大深造，如今已成为公司骨干。他关照各地连锁店，开张仪式从简，不放鞭炮，把省出的钱用来招待周边孤寡老人。员工们向他看齐，把爱心体现在产品上，做馄饨"就像包给自己父母吃那样精心"。以身作则的力量是多么巨大呀！

爱心的线性因果是管理人性化。企业在"尊重人、服务人、提高人"上面坚持办实事。工作台度身定做。车间轻放音乐。公司让员工分享发展成果，报酬逐年递增，月工资平均增加到原来的 2.5 倍，还每年组织体检，安排旅游……员工们从温暖如春的人文关怀中悟得：爱企业就是爱自己。不是吗？"一人把关一处安，众人把关稳如山"，便是大家对企业责任心的理性表达。

"世好"得到的荣誉犹如他的名字"联辉"，多达四十余项，其中有上海市文明单位、中国快餐最具成长性品牌企业。而在他的二十项个人荣誉中，我认为意义最重的当属"全国再就业工作先进个人"。因为，这个"先进"可以让失业者"跟进"，实实在在的。

2002 年，胡锦涛同志来沪调研，深入卢湾区了解民营企业的党建工作，亲切接见了上海"001 号"民营企业家翁联辉，并与之合影。翁联辉默默记住了党的殷切期望，诚实做人，精心做事，乐于奉献，一步一个脚印走向成功。

"吉祥事业"真可谓造福于社会的美好事业。想起北京那位让我捎话的再就业者，我不禁要为酿制人间欢乐的大爱而歌，为改革开放好年华造就的"001号"而歌！

九亭有个漂亮朗尼

在松江区九亭镇久富经济开发区编制的一本通讯录上，朗尼排在当地"骨干企业"、"纳税大户"一档里，而且醒目于前列。

我竖起拇指向总经理谢明伟表示敬佩。他很茶道地给我续了一盅茶，露着微笑，算是领了我的心意。略作沉思之后，说："选择九亭是对的，这里的氛围有利于民营经济发展。镇党政领导和开发区领导都不止一次来过公司，热情关心，多方面指导，对我们的帮助很大。""一搭脉"便了然，他懂得感恩。

有道是"英雄休问出处"。笔者不想详细探究谢明伟自神州东南何隅而来，到九亭之前的家境和他自身的生活脚步是什么状态。我更关注的是当今的他，并试图解读他身上关乎事业、可以示人的种种。

来，看看他的"自画像"吧。上海人无不知晓，要是说人家"一根筋"，可能人家会不高兴，"一根筋搭牢"，好像沾点批评的意思。而谢明伟说自己"一根筋"时则显得轻松自如。他做沙发从早期算起已有十六七年了，从正儿八经成立"上海朗尼家具沙发制造有限公司"专做沙发计时亦有九年上下时间啦。市场在变化，竞争越来越剧烈，有人劝他换一个"轻松点、周转快"的行当，他偏不。他相信沙发市场没有、也不会饱和，"新陈代谢"是恒久法则，特别是随着人们生活的不断攀升，高品质沙发永远处于人们追求的热点上。只要顺势而为，产品漂亮质量过硬，就不怕"嫁"不出去。"我就是'一根筋'，我喜欢并习惯了上海，上海的垃圾桶也好看，我不会离开上海，不会疏远这么好的九亭；我喜欢做沙发，沙发就是我，我就是沙发。"说罢，他自己禁不住笑了起来。他是在拿自己调侃。其实，谢总的"一根筋"可以和"执著"划等号，是一种"咬定青山不放松"的精神，难能可贵。他乐善好施同样是"一根筋"，对治业齐家功不可没的妻子的忠诚与尊重也是"一根筋"。

不错，市场竞争日趋剧烈，这就要看你做出来的是怎样的沙发，是否"适销对路"。谢明伟聪慧过人，头脑清醒得很。他对自己产品的消费群体有个很准确的定位——年轻白领。其分析符合实际情况，一般来说，上了年纪的人比较安于现状，老沙发坐坐，能将就则将就，因某种特需而更新的毕竟是少数。而作为一个群体，年轻人、尤其是年轻白领，就不可同日而语了，前面的路还很长，梦多多，各方面的想法也多多，他们求新求变，追求时尚，无疑是时尚消费的主力军。消费群体明确之后，产品的设计方向也就清晰了——时尚、简约。与之相适应，谢明伟不满足于公司产品已经通过 ISO9001 国际质量体系认证，业务上以 OEM 形式已与世界著名的家具采购集团合作，不满足于公司"体检"年年达标，也不满足于朗尼沙发商情看好，不仅在国内深受欢迎，而且远销英国、法国、日本、西班牙、比利时等国家，他怀着"不进则退"的危机感，从设计到销售大胆起用年轻人，还不定期请专业部门做市场调查，要求公司设计人员根据调查中发现的需求动态，"研究，思考，判断，拿出自己的东西来"，并鼓励大家"人的能力是有限的，而人的努力是无限的"，"你的任务就是唤醒你沉睡着的智慧"。四十有三的谢明伟忙而得法，所向总有佳音。

企业不仅有向国家纳税的责任，还挑着"吸纳"社会人员就业的重担。年产值过亿的上海朗尼家具制造有限公司，三万平方米的厂房，实际上是一个为现有近三百名员工搭建的大平台，是员工生活、工作和精神的寄托。明乎此，谢明伟兢兢业业，一心一意推动企业朝前向上发展。他要"让每个员工安心工作、开心生活、愉快相处，从而为社会增加'定力'"。员工向我反映，谢明伟与春天同在，从来不搞训斥，即使员工犯错，也总是和风细雨，帮助他分析错在哪里，并指明改正的方向，使对方口服心服。从谢明伟身上我悟出一个道理，大凡对社会有担待意识之企业家，都在不停顿地为和谐"做加法"。

上海朗尼家具制造有限公司营造了一个倡导传承文明、开拓创新、实事求是的文化氛围。这是谢明伟的精心力作，它对于公司犹如办公楼大门口台阶上的那四根大立柱，只不过撑起的是精神大厦。走进气宇轩然的办公楼大堂，就能看到镌刻于一块大玻璃上的《大学》全文，修身、行事的古训闪烁其中，似醍醐，像一面镜子，如一方座右铭。

走廊过道的墙上，也挂着许多锦言名句，随时提醒、警策员工。无怪乎公司发展的底气十足。

与这种文化氛围相应和的是谢明伟的业余爱好：茶道和书法。他对茶道的体会颇为深刻。他说："以茶会友是一个方面，边品边聊，传递人文情感，手中有了'道具'，谈起来随意自然；以茶健身则是重要的另一方面，季节有寒暑，茶亦有温凉，只有喝得当了，才能喝出健康来，养出静气来……"对书法，他主张"食古而化"，不能被一味仿古的表现欲所左右，而应该融入自己，写出个性，这就好比做沙发，借鉴人家之长是必要的，但不能照搬，没有自己的创造。有件事让人意想不到，大开眼界：每个星期谢明伟都要为公司职工的孩子安排一堂国学课，请市里的一位老师来讲国学。从往昔的只顾埋头打拼到今天的抬头追求境界，这是一个有着丰富质感的大飞跃啊！他想着他人，想着下一代。他的思想也随之轻松了，"凡事认真努力去做，成功失败都能接受。"有了这种心态，任何困难都无法剥夺他的自信，任何意外都改变不了他的从容。真是活脱脱一介善于博采、注重修养、追求静气、散发着禅意的谢明伟！

这么一个谢明伟是体恤人的。公司特地开设了干洗房，为用户洗涤朗尼沙发套子，服务可谓到家。这么一个谢明伟是透明的。他生产的所有沙发，底部都装上了拉链，买家只要把它拉开，就里一目了然，何愁用料有疵有假？这在上海乃至全国是绝无仅有的，让人诧为奇事。在松江九亭一片好光景里，非常的谢明伟打造出了漂亮朗尼！

珠宝迷人处的道德才华

华灯竞上。夜幕初垂的上海城隍庙商业区金碧辉煌，人气旺盛。

丽水路 88 号上海城隍珠宝总汇，是我此行之目的地。驻足门口环顾周遭，南边的亚一金店，东面的老凤祥银楼、东华美钻店，东南方向的老庙黄金银楼，都只隔着一条马路。眼前景象往我脑子里输入一个概念：这儿是名副其实的聚宝盆。

乘电梯直上珠宝总汇五楼，找总经理赵德华的办公室，突然间在过道里就遇上了他。那黑里透红的脸色，给我的第一印象正如我的朋友给他取的雅号：一块带皮的赤玉。

握手的同时他的手机响了。赵德华接听之后礼貌地说，不好意思，约人谈点事，就在底楼商场，很快就上来。

赵德华是大忙人。一个星期前打去电话，请他腾出时间接受我采访，他回答得干脆："不行啊，今天下午就要去北京，明天'北京国际珠宝展'开幕，一年一度，不能缺席，展会结束了再约吧。"这不，一回来就被我逮住了。

约莫过了十分钟，他上来了。我把第一印象说与他听，他微微地笑了，丁点也不介意。一个开朗男人！他的经历让我以为，那脸色是他走出中学校门去崇明岛农场"战天斗地"，十一年的风吹日晒留下的纪念。

正式交谈从眼下世界范围的金融危机启匣。他说："珠宝饰品是没有国界的，金融危机对全世界范围内的珠宝销售肯定会带来影响，香港同行的出口无不受阻就说明了问题，但目前对我们城隍珠宝的冲击不大，只是有点感觉。大家应该知道，珠宝玉石精品全凭手工制作，批量不可能很大，所以我们对金融危机的'受力面'就小了。再说啦，我们已经主动进行调整。"

"都采取了哪些应对措施？"

"比如，我们把香港那边的珠宝玉石精品召唤过来，在一楼辟出一千平方米左右的专营场地，展示中国的珠宝文化；三楼也正在紧锣密鼓增辟同样的面积作为世界宝石博览馆，介绍世界的宝石文化，兼带销售。一大批饰品都是世界顶级的，使我们这里成了聚宝盆……"

接过他"聚宝盆"的话茬，我问道："你精于珠宝饰品，但未必知道'聚宝盆'的由来吧？"说完，又觉得唐突，补了一句："我想到就说，这一闪念偏离主题啦。"

"没有离题呀，'宝'是共同的，不妨说来听听。"脑筋急转弯。

"如果没有弄错的话，关于'聚宝盆'的传说始于明代，而且跟周庄当年那个沈万三有关，是他'制造'出来的，那宝盆里的东西取之不尽，据说连明太祖也被他忽悠过，但御检结果却是子虚乌有的事儿。而如今上海城隍庙商业区真是一个聚宝盆，当然不是物由盆生，而是宝物的货源充足。"

"有意思，世人自古说到今的'聚宝盆'，原来是那么一个来路。"

赵德华在我的茶杯里续了水，接着叙说从头："尽管满世界闹经济危机，需要珠宝的人仍然向着我们走来，其中有办喜事或送人的，也有寄希望于增值而收藏的。"

神州多神韵，珠宝归其所。从赵德华的眼神中，我读出了自信。是啊，城隍珠宝已经有了美誉度，加上渠道的多样化，风浪面前气自定，何愁冷落车马稀！

上海城隍珠宝总汇创办于 1996 年。十二年来，企业从一家店发展到拥有一家总店、十一家分布在沪郊和苏浙一带具有相当规模的分店，总店的经营面积从原来的 900 平方米，扩大到 8100 平方米。城隍珠宝年均成交量达 10 万余宗，年销售额从第一年的 1 亿多元增加到现在的一年 5 亿出头，经营业绩跻身上海珠宝零售业前列，成了上海家喻户晓的著名品牌、中国珠宝玉石"放心示范店"。2007 年，城隍珠宝还作为世界顶级展会惟一的玉器参展商，入驻由荷兰一家奢侈品权威刊物举办的世界专业峰会。

"一路走来不寻常，请谈谈你们的成功之道。"

"说怎么成功还为时过早，后十二年才刚刚起步。我们只不过是想明白了就认真去做，有一些体会吧。"

一开始，城隍珠宝就定下了"错位经营"的发展方略，不跟周边黄金老店"捉对厮杀"争高下，而把企业的主营方向锁定于玉石加工、销售上，走自己"专"与"特"的道路。

"以文化带动企业"的经营理念，也是创业伊始就提出来的。关键在于付诸实施：他们聘请高等院校珠宝专业十位大学毕业生担任柜组长；定期邀请专家、教授来店为消费者释疑解惑；精心布置了一个"翠玉皇玉文化馆"。此外，还把世界上最优秀的作品引进商场，既提高了广大消费者的鉴赏水平，又增加了消费者的文化修养，从而增强了城隍珠宝的"潜心影响力"。

"精品强企中，包涵着创新。"城隍珠宝开设了玉器设计工作室，请来香港的一流设计师担任品牌首席设计；从2005年着手，精心打造"收藏级别"珠宝玉器首饰的经营板块，以满足细分后的市场需求；2008年夏季乘北京奥运东风，采用合成"玫瑰金"新材料，推出"金镶玉"系列饰品；连续举办的八届"两岸三地珠宝玉器精品展"，不但使城隍珠宝的品牌在港台地区声名鹊起，也在业内形成了共识：想一睹海内外珠宝玉器精品，非城隍珠宝莫属。精品展的举办，在消费者中激起的反响也大大超出了预期。

这里不搞场地出租，担心租出去之后出现这样那样的问题，对消费者不利。城隍珠宝"只售A，不售B"，即只出售真货、高质品，绝不出售伪劣假货。凡是他们售出的商品，一律由太平洋保险公司提供质量担保。早在1999年，城隍珠宝就获得了ISO9002质量体系认证，三年后顺利通过了质量认证"转版"，前年又捧取全国商业质量奖。他们拿质量说话，以优质吸引人，使得产品潇潇洒洒"万里行"。十二年来的零投诉，就是对他们最好的奖赏。

人们在选择消费的同时其实也在选择服务。消费者对你提供的服务表示满意之日，就是记住你品牌之时。城隍珠宝在沪上率先引进了高科技专业设备，组织专业鉴定人员，为消费者提供权威的鉴定服务。"我们打造服务型企业的脚步一刻也没有停止过。""我销售，我负责"是城隍珠宝对消费者许下的承诺，绝对兑现，决不含糊。

赵德华清楚认识到，当今社会，珠宝已不完全是传统意义上的奢侈品，而是一种新型的文化替代品，购买和佩带珠宝也不完全是一种纯粹的消费行为，而是一种阅读历史、感受文化的过程……这种认识极其深刻，一般的珠宝玉石经营者只能望其项背，体现了他的文化涵养和对人们心理诉求的透彻解读。

细听着，琢磨着，我明白了，城隍珠宝以十二年为企业的一个轮回，前十二年着力弘扬中华珠宝玉石文化，后十二年将侧重于创新，进一步融入讲究个性化的世界饰品时尚潮流。第一个目标已然基本达到，而今迈步从头越，踏上新的征程……赵德华清醒的经营思路、高明的运作才能让我感佩不已。

我更佩服他的道德操守。这么一位称得上我国珠宝行业的大腕级人物，他廉洁奉公，衣着极为朴素，身上并无珠光宝气，而主动根据自己的经济能力让含辛茹苦拉扯五个子女长大成人的母亲得到一点"美化"与慰藉，在夕阳中增加一缕亮色。他说，如果对母亲不敬不孝，那还算什么儿子？他的博爱胸怀尤其感人：企业成立的时候他就毫不犹豫地吸纳了区和市再就业中心推荐过来的下岗工人；对驻店的两百多名厂方人员，与本店的员工一样看待，统一管理，一式待遇；汶川大地震发生后，由他提议、经领导班子集体决定，出资20万元，和"文新报业集团"联手，向灾区学校捐书，请知名作家在每本书上写下一段鼓励的赠言。近期，又捐资数百万元，在都江堰职业学校设立珠宝专业，计划每年收六十名学生——他"要让那些因灾致残的青少年学会一门技艺，给他们一个生活出路"。

峰回路转，言归大义。我们自然说及了改革开放。赵德华调整了一下坐姿，用特别有神的眼睛说话。他对改革开放感恩不尽，感慨万千："一个人如果整天为吃和穿扳指发愁，就不可能去购买贵重饰品，我们这个行业是社会的'晴雨表'啊……"

他让我参观了三楼的"翠玉皇玉文化馆"（即将扩大为世界宝石博览馆）。现有场馆，已经将一段玉石历史呈现于人们眼前，令人陶醉并为之叹服，叹服一个企业、企业人对其企业文化、产品文化的热爱和铸就。展品中有大师级玉雕作品、不远万里觅来的各种玉石原样。分类陈列于橱窗，并绘图标示它们的分布图，还以文字介绍不同玉石的特性与形成条件。真是美不胜收，是一次给予我玉石知识的醍醐灌顶。

不虚此行使我变得格外轻松，出门时又想起聚宝盆来。上海城隍珠宝总汇无疑是这个聚宝盆里一颗璀璨夺目的明珠。

这就是中国珠宝零售业界后起之秀上海城隍珠宝总汇，这就是珠宝迷人处掌门人的道德与才华！

南方击楫正中流

中国人是很会比喻的，一经比喻，抽象的精神就变成了具象。黄河激流中有座砥柱山，立于河中央，人们就拿它来比喻能起支柱作用的人或集体，曰"中流砥柱"。那是一种坚强。

我曰南方击楫正中流，指的是"上海南方集团"。阅世十一载，南方英姿勃发，带动了南上海奉贤地区的产业链扩张与延伸。近两年他们拉开了"第二轮创业"的帷幕，经市政府批准着手打造"现代服务业集聚区"，规模庞大，总投资 25 个亿。它注定是一颗"巨星"，将与全市范围内别的十九颗"星"共璀璨。那是一种豪迈。

江为民，南方集团董事长、党委书记，一座砥柱山，一位充满创业激情、对社会有着高度责任感、率领"南方人"击楫中流的指挥官。

那天，"感恩三十年，报国竞风流"座谈会，不见他来。翌日，看了解放日报一则报道，又作了打听，才知道他去了另一个座谈会，是谓分身无术。那个座谈会由市人大常委会召开，主题是"支持和推动中小企业发展"。江为民发了言，希望"在加大社会诚信体系建设的同时，进一步促进司法公正，为中小企业的生存与发展提供有力的法制保障"。与其说他联系自己集团实际即席感言，不如说他关注现实，在为整体民营企业疾呼。话音落处，似见一腔热血化碧涛。

是呀，历史已经证明并将不断证明民企的伟大，伟大在于它"改善了国民经济的通体血循环"，还原了"经济生态"的多样性，增强了国家的活力。如不更好地为民企"保驾护航"，讲不过去的。

从"走计划"到"走市场"，改革之路渐行渐宽，方向是逐步明确的。等待的方法有两种，一种是什么事也不做地空等，另一种是一边等，一边将事业向前推动，创造自己的世界。江为民属于后一种。起步阶段，他做的是化肥设备，几乎所有的县都留下了他的足迹。其产品在全国专业小化肥企业的覆盖率达到了百分之六十以上。这是苍天对一个农民之子不辞辛劳的犒赏。

不容易啊江为民，千山万水，风雨兼程。他的父亲，一位老支书，在奉贤东南端海边的新建村，老黄牛数十年，穷了数十年。给"老大"取这个名字，表明他无怨无悔，对儿子而言，则成了永久的生命暗示——"为民"。

在部队入党那年，江为民才十八岁。解甲归田后，村子里的党员信得过，让他接任父亲当了支部书记。这之前所谓的"资尾"早就割光了，到年终农民无"红"可得。同样的问题每年沉甸甸地摆在江为民面前。谁也不曾料到，好事会来得那么利索——南海边的"一个圈"，荡起了九州春天的涟漪。新建村的小工厂呼啦啦应运而生。静下激动的心，江为民决定进市区推销产品，行囊羞涩，身边仅有两块钱，那一夜，他睡在了老北站候车室的长椅上……
眼看年关在即，"分红"的钱还没凑齐，这时热锅上的蚂
蚁轮到他了。幸亏好心人介绍了一位吃建筑饭的朋友，筹
到了一笔款，总算解了燃眉之急……父亲高兴，乡亲们脸
上也写满了喜悦。

尽管社会开始朝清明的方向转变，但要把农村的事做
大，亦难。观念更新的过程特别漫长。不是一直在说"工
农联盟"吗？然而城里不少"朝南坐"的人是瞧不起乡下
人的，缺少"拉一把"的应有热情。当年江为民意在跟市
里的"对口"大厂联营，一次次地去跑，一次次地被推出
办公室。当跑到第二十一次的时候，一位老干部闻声出来
接待，终于在他的帮助下，签订了联营合同……也许是精
诚所至，金石为开；也许老干部他也从农村走来，有一种
微妙的天生情感在；也许他想到了广大农民兄弟还没有走
上富裕之路，"长征"尚未完成。尽管这位老干部已故世
多年，每年重要节假日江为民都不忘前往拜望他的家人。
重情义噢！

回忆起来，江为民说，还有一段时间，也相当困难。
1997 年至 1999 年初，奉贤县政府决定撤消乡镇工业局，
成立 "上海南方经济发展（集团）有限公司"，要他出任
总经理，挑起企业转制的重担。那是一个烂摊子呀，百余
家乡镇企业，亏损近一个亿！有朋友劝他，"这些企业都
是'植物人'，千万不可搭手"。江为民却知难而上，开
始了艰难的跋涉。他针对性地采取"推优、扶中、帮差、
去劣"的"综合疗法"，大刀阔斧向企业内部的不合理制

度"砍"去。他笑言，这是我这辈子在一个比较大的格局中甩出的第一个决策。这一招，灵！大多数企业出现转机，有的当年就扭亏为盈。那些日子，有时江为民早早地在银行外等候开门，准备为资金的事"磨破嘴唇皮"；有时夜已深，江为民却依然在办公室里对着灯火问计……江为民引领"南方人"，在两年多一点的时间里创造了负资产转制成功的奇迹！有哲人说过，"人性不是别的东西，只是一颗赤子之心。"对照江为民，我发现此言在他身上"全覆盖"。

凭着他搏击商海积累的丰富经验，近两年他做出了南方集团发展史上又一重大决策：大力发展第三产业。于是，集团规模和在地区市场的影响力迅速扩大，企业效益也随之快速攀升。如今，南方已然成为一个集商住地产开发、现代仓储物流建设和管理、汽车客运和出租（联运）、汽车销售与维修、成品油采购和供应、输配电与化工化肥设备制造销售等众多产业联动发展的强势区属企业集团，在搏击市场经济风云中奋翅高飞。集团的主营业销售收入从成立之初的不足亿元，到 2007 年实现销售收入 35 亿元，创税收 1.26 亿元，综合实力已跃至奉贤区百强企业前列。

特别是，随着上海"东进南移"发展战略的全面启动，区委区府关于建设服务、制造、旅游"三区一基地"设想的提出，始终站在奉贤发展前沿、对奉贤人民有过"享受与市区居民一样的购物环境"承诺的江为民，将建设"现代服务业集聚区"推上了办事日程。其中核心项目，具有国际一流水准的"南方国际广场"首期工程——"百联南桥购物中心暨东方商厦",已经建起并投入运行,将当地的商业现代化向前推进了一步。集聚区地图内的南方国际金融大厦亦已落成,高128米,刷新了南上海的"天际线"。整个现代服务业集聚区建成后,能提供一万多个就业岗位。对社会而言,真是功德无量!

有机会接触了南方的许多员工。有的说江董目光远大,总能抓住机遇,三十年来南方往外围搬了十五次"家",奉贤城区也逐渐变大,实现了集团与社会双赢;有的说他是一个博爱的人,每年春节不忘回老家看望村里的老人;有的甚至说,他是我这辈子最佩服的男人,有事业心有魄力的男人,我宁愿放弃回机关当公务员,也不会离开南方。嘻!这么一个"全国商务系统先进集体",这么一位上海市劳动模范,跟着南方前行,人人都看好未来,满怀信心。

改革开放的巨大成就之一,就是让整个中华民族重新树立起了民族自信,对现代化强国目标志在必得。借用两句前贤的诗:"臣心一片磁针石,不指南方不肯休。"撇去部分原意,取其忠诚和气概,赠予击楫中流的"南方"。

岁月之轮

日月相互交替，日复一日，遂有了岁岁年年。岁月之轮带着人类"坐地日行八万里"，每天都有不甘寂寞的创造，每年都有存入历史记忆的成就。

时间无始无终，人类有着永恒的家园。每一代人在求得自身福祉的同时，总想给后人留下一些什么——上海"轨交人"的种种努力，不就是这样的吗？

轨道交通的运营管理是一副重担，这担子由上海申通地铁集团有限公司挑着。于是，"申通"属下先有了上海地铁运营有限公司，后引进竞争机制，又组建了上海现代轨道交通股份有限公司。安全、可靠、高效，始终是他们日程上的关键词。

沪闵路1780号，在远离市中心的闵行区。"现代轨交公司"就在这里安营扎寨。新盖办公楼的周边绿化地，栽上了桃、梨、枇杷等果树，已然都进入了"育龄期"。陪同我参观的公司办公室主任徐宏明说，如果你来得巧，还可以吃到最最新鲜的果子呢。看来，偏远有偏远的乐趣，只是上班太过不便。世间事就是如此，有所失即有所得。

我的第一印象是，这里人员年轻，是朝气的天下。维修部门，经理刘钧29岁，平均年龄30岁；调度服务部门，经理王征 34 岁，平均年龄在 24 岁上下。被同事冠以"老"字的技术部经理牟振英 39 岁。常作超前思考的副总经理陈依新也不过 43 岁。岁月之轮永动，不变的是一颗颗赤诚心。从陈氏口中得知，他们追求精简高效，实行层次不重叠的"扁平化管理"。与之相适应，创建了世界轨交最先进的移动闭塞信号系统。我不禁笑着说，你们的管理模式跟你名字一样，"依新"，依照新的办。

人是本。领导班子达成共识：人才应该是一潭活水，双向选择。由于作业点分散，无形之中增加了劳动强度。开始两年，招进的大学生流失率比较高，留下的统统放到第一线去磨练，如今都成了企业骨干。依新说，我们要的不是病恹恹的人，而是能打硬仗的人。除了这"铁血"的一面，其实也有着很人情的另一面。公司在为重要岗位上的 A 角培养、配备 B 角，一旦需要就可以顶上去，好让 A 角抽身去处理突发家事，谋的是让挑大梁的员工能做到"忠孝"两全。此外，还建立了困难职工档案，开展帮困，那是"润物细无声"的，犹如和煦之风轻轻拂来，穿行于此处果园，抚摸着年轮待增的林木。

特别让人长见识的事，是给地铁列车"修轮子"。车轮与铁轨摩擦免不了磨损，由于多种原因受力不均，时间一长就会失圆，影响运行质量，必须通过切削使其复圆。

我接触了"不落轮镟床小组"原组长、现为车辆部经理的严俊，向他请教。原来，"镟床"就是可以转着圆地切削的一种车床，"不落轮"就是不卸下轮子，靠附着镟床的一个类似千斤顶的机件将车身顶着，直接在车子底下修复轮子。小严说，地铁列车的核心部分是进口的，车轮则是国产的，用"鞍钢"制作，质地特别的硬，拿供货商配售的洋刀具修车轮，镟一辆列车的轮子就要损坏30至40把刀具，革新刀架后改用国产刀具，只要一至两把，而且效率提高了二十多倍。光这一项，每辆列车一年就可以节约近10万元，省工三百多个小时。恭然以听，眼前浮现出一幅以多线网络化运营为背景、用青春热血绘就的群英图……

前些日子"现代轨交公司"接管的六号线，与现代名实相副。考虑到反恐保安，必要之处都装了摄像头，从进站到离站全程摄像，一人将"现身"四十余次。这条线全程设28个车站，是目前各条线路中最多的，几乎把浦东居民小区都像珍珠般串联起来，极大方便了人们的出行聚散。我感慨于"家园"的地铁随着岁月之轮的飞转越造越现代，越造越称老百姓的心。

我察觉，办公大楼周围的那些地皮土质并不好，底下是厚厚的一层"三和土"，然而桃树和梨树们照样欣欣向荣。是呀，好苗子到处都可以生根、开花、结果！矢志榜书事业高峰的上海"轨交人"，正阔步笑在春风里。

邀月携星共举觞

抖落冬寒走进春天的生命，喜欢向月仰望星空。常年辛劳的创业人，也有自己放松身心的节日。

那是一个由灿烂主持的夜晚，月星集团欢庆自己的二十岁生日。回顾与展望，美酒加香茗，更有曼舞伴劲歌，一派热烈场面。

改革开放谱就的《月星之歌》，优美的旋律在空中回荡，含情的音符犹如一朵朵浪花在连片的心潮间跳动。

席位上的月星集团董事长兼总经理丁佐宏，合着节拍轻打手势，看上去特别开心。"清晨／我张开臂膀／拥抱第一缕阳光／……是机遇也是挑战／时代在向我们召唤……"原来，这歌词出于他自己之手，难怪激动尤甚。

既能施展才能干事业，又能烹煮文字抒情怀。丁佐宏不但是上海市劳动模范、人大代表，还是上海企业家中创作歌词的模范和代表哩！

说起"月星"这名字，丁佐宏一口长气舒出感慨万千："当年我背着木匠工具走街穿巷，披星戴月走了七个年头。去工商所注册时，匆促之间接受了办事员的建议，以自己的名字作了登记，回去后想想公司名字的个人色彩太浓，会让员工觉得是'寄人篱下'，不好，第二天一早就打电话过去改成了'月星'。我心中的月亮星空象征着永恒和无限发展空间……"

我明白了，"月星"代表着一种志向。至于他择名时的顾虑，尽管在此上没有自筑中国式山墙之必要，但真实地流露了他为别人着想的善良心地。

二十年来的踏平坎坷，紧要关头的明智取舍，直至事业有成，反复证明了他的聪慧和坚强。可以说。二十年间中国家具行业大流通的格局，始于月星，"集大成"于月星。月星不仅改变了丁佐宏的个人命运，也改变了他所到之处的家具行业的命运，同时促进了所在地老百姓家居消费习惯的转变。前不久，丁佐宏被评为"卓越苏商"，评委的评语只有寥寥八个字，却刻画出了一座壮丽高山：他创造了业界传奇！

比照很能说明问题。

现在，集聚大批技术精英的月星，拥有二十多万平方米的现代化家具生产基地，跻身于中国民营企业 500 强；当年，丁佐宏手里只有一个面积 24 平方米的手工小作坊，连自己七名员工。两者以天壤之别加以形容是再恰当不过了。

现在，上海、南京、哈尔滨、大连、兰州等诸多大城市的月星主题家居广场，林林总总，蔚为壮观，月星家具销往世界三十八个国家和地区；当年，几个二线城市的月星"店中店"，生意虽然不错，但毕竟偏于一隅，难成气候。如今，企业的发展空间越来越大，销售渠道越来越宽，真是今非昔比。

我问他是否可以将月星企业的发展分为三个阶段：初创期、提升期和拓展期。丁董缓缓抬起头来，先凝视窗外，再收回目光，似乎是在完成一个思索过程。然后回答我："其实这二十年我们都在创业，不断往原创性的方向努力，是连续的、一以贯之的，很难划分。"

1981年，丁佐宏带着父母从村人那里凑起来的五元钱，从家乡如皋来到常州，年仅十九岁。他起早贪黑，弹墨劈木，捏刀削榫，送走了七个春秋，靠辛勤劳动一分一厘地叠加，积攒了3000元血汗钱，终于在城郊结合部撑起了一爿木器小作坊。

逐渐从手工作坊向正规化、科学化、规模化企业过渡，还是上世纪九十年代中叶开始的事。丁佐宏在常州组建了月星家具公司，扩建了工业园，并创办了家具研究所。接着，又与享誉欧洲百年的西班牙一家具企业合资经营，组织技术骨干去那里接受专业培训，在人才、技术、管理、市场等领域，都大大缩短了与国际先进水平的差距。二十年中，月星形成了六十余项自主知识产权。

超前意识，全球化的战略眼光，高端化的定位，让月星变得强大，使之在同行中相形见优。他们在九十年代中后期"惜别"聚酯家具，毅然转向投产高品质实木家具。2000年，月星奋力挺进大上海，"农村包围城市"，先收购了上海嘉定家具厂，后来又直指市区，顺利并购了有着百年历史的"申新九纺"，成功收购了"亿美易初"大型家具厂，从而在上海建起了与常州基地遥相呼应的现代化制造基地。

2008年，月星又斥巨资购置了上海市中心的一个地块，用以建造月星环球家饰博览中心，总面积达43万平方米，将是亚洲第一、世界第四，已于9月中旬奠基。

月星这艘家具行业的"航母"，正乘风破浪驶向全国和世界。丁佐宏被推举为全国工商联执委、中国家具协会副理事长。他将此视为一种信任、责任，时代的托付。整个创业过程环环相扣，马不停蹄，正如丁佐宏自己所言，"一以贯之"。

变化的是月星越来越讲求决策的科学性。科学的投资决策是促进企业快速发展的关键。丁佐宏坚持投资家具产业，这是他的本行，老马识途胜算多。他们认真审时度势，把握最前沿的家具市场，得出"上海必将成为中国家具迈向世界、世界家具走进中国的'桥头堡'"这一正确结论，从而确立了以上海为中心进而辐射长三角的资本扩张模式。事实证明，他又做对了。

普天之下所有企业家都想把企业做大做强。丁佐宏认为先要做优做精。"月星二十年来的一切努力，都紧靠做优做精这个谱，坚定不移地致力于创造自己的品牌，并坚持诚信之本。"

参加那天晚上庆祝会的，除了员工，丁董还请来了集团之外的二十四位代表，其中有老父亲、村上人、师傅、师兄弟、当年第一个合伙人、第一个叫他做家具的常州居民和国内外合作伙伴。他深深鞠躬，感谢父母养育之恩，感谢大家的帮助。还有自己、员工、合作伙伴的孩子。丁佐宏动情地说："这八个孩子代表着我们的未来……"想到设在普陀区的月星慈善超市和得到月星帮助的汶川 100 户灾民，我心里涌起一阵感动：该记住的他都记住了呀！

丁佐宏的成功演绎出一条人生哲理：木受绳则直，人受砺则刚，德、智、勇成就人生辉煌。月星正面向未来续写新篇，待到一旦抵达了心仪彼岸，将再邀星月共举觞！

东华和一个八十人的城市

作为个人，袁东华的心思是多做少说，甚至不说，而运用他的聪明才智，综合各方相关业务资源，调动并依靠全体员工的积极性，在背后"托举"他的团队。不由让我想起一位领袖级诗人写的那首咏梅诗来，其中两句是：待到山花烂漫时，她在丛中笑。

事实上，"山花"已然次第开放，他可以开启笑意抒情了。然而他隐于"丛中"而不苟言笑，不愿多出头露面，显得谦恭儒雅，就像他写的多篇专业论文，充满理性思辨，却无燃情言辞。

有人说过，时间是万事万物的总导演。岂不是，由袁东华领衔的"上海城市房地产估价有限公司"（以下简称"城市"），不早不晚，诞生于新世纪的第一个春天。初创阶段只有五人，眼下壮大到八十号人。拥有专职"中国注册房地产／土地评估师"三十名，其中大部分同时具有造价、咨询、监理工程师，资产评估师，会计师及律师等多项执业资格。估价师中，有五名兼有英国皇家特许测量师资格，一名兼有美国房地产估价师协会会员资格，两名兼有香港测量师资格，这在上海内资房地产评估机构中是独一无二的。谈到"城市"这么雄厚的专业服务人力资源，他依然

144

是那么的气定神闲，不动声色。

我已探悉，"城市"的业务涉及法院系统、银行系统、政府相关部门，还有社会各界常年面广量大的动拆迁项目和其它评估业务。几年来，他们完成了许多具有标志性意义的房地产评估工作。仅政府重大项目中，就有"上海市地区片综合地价"、"'世博会'动拆迁成本费用核算"、"'磁悬浮'项目动拆迁成本费用核算"、"崇明岛土地增值分析评估"、"'京沪高铁'征地成本测算"等。他们分别为各委托方提供及时、可靠的技术支持，情理之中深得各方的好评与信赖。

此外，灯火阑珊处，还有着他们开发科研项目，借现代电子科技之力构建知识管理平台的身影。"上海市地价测算系统"、"房地产估价企业内部管理系统"、"二手房辅助估价系统"，这些自动化管理系统，规范了公司内部的估价业务，也为外界使用方提供了决策参考。上海市房地产估价师协会告诉我，"城市"致力于"系统"建设有着示范意义，对推动整个房地产评估行业管理水平的提升功不可没。袁东华却说："这是协会对我们的鞭策。"

我想，科研项目的开发与袁东华见过大世面不无关系。1990年，他作为国家重点培养的与国外房地产接轨的人才，经组织推荐，就读并毕业于英国房地产管理学院，获得了英国皇家特许测量师资格。当然，关键还在于国内房地产评估专业的丰富实践，在于他善于追问本质、开拓创新的优良秉性。袁东华紧随时代前行，兢兢业业，遂成了上海市房地产估价师协会专家委员会成员，曾参与制定上海市政府的房地产有关政策及法规。我说他综合素质高，他连忙摆手："不不不，只是做了三十多年的房地产相关工作，经历的事情多一些而已。"

"城市"取得的业绩，见证了他的团队有志有为。在经营业绩评比中，2005 年"城市"位居全国三千多家同行公司之首；2007 年为上海第一。同年，国家建设部对全国二十四家一级资质房地产估价机构进行了检查，毫不含糊地"圈点"了两家公司，其一便是他们"城市"。"内部管理制度健全，信用档案建设较好，建立了较完善的估价案例信息库，随机抽查的估价报告质量较高"，同时"积极拓展外资评估项目"。这是建设部在评比通报中对他们实事求是的褒扬。还是 2007 年，"城市"被评为上海房地产估价行业先进单位，公司董事长袁东华、总估价师任婷珍被评为优秀估价师。

所有这些熠熠闪光，在我看来都是值得骄傲的。但是，袁东华一直是那么平静，凡事取慎重态度，做十分只说三四分，并且始终一个劲地强调团队的作用。所以，为了摸清"底细"，我不得不作"背靠背"的调查。

我先后分别接触了公司总经理许军、副总经理王常华。两位仁兄和袁东华一个样，不谈自己，只谈员工和集体的力量。谁不计报酬悄悄加班，甚至扑在项目上几天几夜没有好好睡觉，又是谁"瞒着组织"在外面捐献鲜血和骨髓，以善举造福于人，为团队创造了荣誉，等等，他们都悉记于心，如数家珍。他们认为，有了这么好的"放心员工"，任何困难都不在话下，什么事情都可以做好。我联想到央视有档节目，对我国中小型企业有个调查结果，能生存十年的仅占百分之十。问题往往就出在多数中小企业或缺失"道德血液"，把商业伦理抛在了脑后，或疏于管理，队伍涣散，不具备竞争力。而像"城市"这样有精气神的企业，一定能办成"百年老店"。

许军和王常华不约而同对袁东华作了"评估"。一位说，袁董宽容兼听，与人为善，关心员工；一位说，袁董作风民主，平易近人，重视沟通，能设身处地为他人着想。他们一致评价：袁董的最大特点体现于前瞻性和责任心，而这与他长期坚持看书学习、博览群书有关。这方面我从公司办公室主任小龚那里已有所闻，他每月自掏腰包花在买书上的钱不少于两三百元，而生活上从来不追求高消费，至今用的还是一款老式手机。也从他自己不经意间流露得知，他读鲁迅作品非常仔细，颇有心得，对与我同名的香港凤凰电视台节目主持人曾子墨的著作的阅读，也达到了研究的程度。面对袁东华，我深深感到他身上有一种传统的力量，一种清醒的力量，这种力量化作了把事业"做优做久做强做大"的追求卓越的精神。

人，有了这种精神，才可能有正确的价值取向，目光远大，关注未来，一切以国家和人民利益为重。"城市"曾经接受一次委托评估，抵押标的物远在东北，抵押物原价值据称为60个亿，当事方只考虑自身利益，在抵押物的法定用途上大做文章。"城市"的估价师不辞辛劳三上东北，预先做了大量的外围工作，最终拨开层层迷雾，冲破重重阻力，给出了39个亿的合理评估价，一下子拧掉了 21 个亿的水分，为有关部门规避了潜在的大宗损失。凭什么？凭的就是浸透了良知的敬业精神。

袁东华十分赏识、爱护"城市"这支队伍。他不无感慨地流露心迹："人的一生能走多远，看你与谁同行……"行成于思，他非常珍惜与同行者之间的友谊。这支队伍是他带出来的，而他又感谢这支队伍，几乎把功劳全部记在了大家头上。这就是他达观的境界，他的过人之处。袁东华正率领他的团队，坚持"诚信为本"，为把"城市"打造成为一个骎骎日上的中国一流的房地产评估机构而奋发进取。

默默的，执著的，一步一片阳光、一丛烂漫！

播撒"种子"赢春光

走进那扇敞开着的栅栏大门，刹那间静了下来。

往里数十米，一幢本白色的五层大楼，规整方正，并无半点张扬。

这儿是淮海中路1634号，闹中取静。

来之前就有人对我说，大楼二楼的上海创业投资公司，是"高新科技的助推器，科技之花的补养站"，与上海、中国脉络相连，诸多举世瞩目的大事都与他们的使命有关。

上海创业投资公司集聚着一批从事风险投资的高材。九年前，公司掌控了6亿元"种子资金"，辛勤播种耕耘，九年后的今天，种子落地处，春色满园娇。我就是被他们吸引过来，想动动拙笔写点弘扬文字的。

从他们不怕承担投资风险角度审视，可用"明知山有虎，故作采樵人"来比喻；从创立一种投资新机制角度考量，无疑，他们是我国这个行业中的"第一个吃螃蟹"者。

公司办公室林主任办事利索，并将他的真诚通过笑意绽放予我。披览他提供的资料，我的心顿时振奋起来，不由得眼前一亮：

汶川大地震，震区基础通信设施遭受严重破坏，一时成了与外界隔绝的"孤岛"。急人哪！关键时刻，架设第一套"战地宽带无线应急系统",为救灾指挥部、指挥点、新闻中心提供视频、语音、图片传输设备的,是上海创投、上海科投等投资机构联合投资的"国有民营"特殊体制的高科技企业——上海瀚讯无线技术有限公司;将无线电视信号送入灾区,让央视、川视节目迅速重新覆盖绵阳各灾民安置点的,是上海创投给予资金的上海高清数字科技产业有限公司。

百年圆梦的北京奥运会、神舟七号的"伴飞小卫星"、中国世界首个高速铁路移动电视系统、中国广播电视"村村通"……都离不开高清数字技术的支持。由上海创业投资公司倾力扶持的上海高清数字科技产业有限公司,在这些大事上起到了其他科研单位一时所无法替代的、举足轻重的作用。"高级数字地面广播技术"的自主知识产权属于这家公司,他们掌握了"国标单载波"技术,确保了传播真实、生动、精彩的高清晰度。其中,也有着得到上海创投资金扶助和增值服务而走出困境、致力于高端硅基SOI晶片材料研发、生产的上海新傲科技有限公司的功劳。

鱼无水不活,企业需要资金,特别是创业伊始的中小型高新科技企业,资金对他们来说尤为重要。清人所著《儿女英雄传》里就说到"一文钱难倒英雄汉"的事,更何况今非昔比,做的往往都是大事,没钱办不成哪!

而投资圈内曾经有一种意见认为,投资高新科技产业犹如"以隋侯之珠,弹千仞之雀",花的代价极大,对方成功与否未卜,可能得不偿失;上海创业投资公司两任"当家人"则坚持认为,创新是中华民族的活力和希望,必须倾注热情，付诸行动，固然要胆大心细，但决不可以因为怕承担风险责任而袖手旁观，国家利益至上！他们的创业投资，效果显著、"功德圆满"，其魄力与眼光之非凡由此可见一斑，也印证了公司旗下员工创投的专业知识、开拓业务能力之非同凡响。

倒放一段时间。1998年6月，上海市人民政府以"科技兴市"为宗旨，出台了《上海市促进高新技术成果转化的若干规定》，明确市财政斥资6亿元作为风险投资"种子资金"，并于次年8月设立专门机构来负责管理和运作，用好这笔资金，让"种子"落地生根、开花结果。这个机构就是现在的上海创业投资公司。

"好雨知时节，当春乃发生。"上海创业投资公司在许许多多高新科技企业最需要的时候，把从政府那厢承接过来的当春好雨，去滋润上海的科技创业园，特别是滋润了一大批立志报国的科技工作者的心田。硕果和奇迹，谱就了一曲献给"好雨"的赞歌。

"上海创投人"兢兢业业，以"引导、推进上海创业投资事业发展、促进高科技成果转化和高新技术产业化"为己任，开创了风险投资新机制，成了国内第一个以政府引导、社会参与、利益共享、风险共担的新型投融资平台。

他们通过与大学、高科技园区、包括海外基金合作，共同组建创业基金，逐步将"创业投资"从概念推向实际运作，从政府要求转变为市场行为；

他们广泛调动社会资金参与风险投资，引导各类资金进入创投行业，形成了多元化创业投资体系，从而实现了创业投资基金的有效、快速放大；

他们在中国率先培育和建立了创业投资资金的"委托管理"模式，为政府资金投资高新技术产业化项目和支持中小型民营高科技企业发展开辟了一条新途径。

何谓"委托管理"，我不胜了了。林主任为我释疑："委托管理"就是将投资人与管理人剥离，双方签署委托合作协议，构成契约关系，委托由专家组成的专业管理公司（管理人）负责创投资金运作，由他们选择投资项目，并参与项目管理；而上海创投（投资人）则按委托协议和国际惯例，从注资的业务层面给予监督、指导，并进行政策层面的帮助和协调……"

作为国内"第一个吃螃蟹的人"，上海创业投资公司创造的这种"委托管理"模式，被业界誉为"上海创投模式"，已为各地同行所仿效，广泛应用于各类基金的管理和运用之中。

上海创业投资公司至今已牵头组建了二十个基金，自己则已然成了"基金的基金"，并与三家银行建立了投贷联盟，资金规模逾30亿元，形成了以政府鼓励发展的高科技产业为特征的专业化创业投资基金。投资涉及领域包括集成电路设计和软件、生物医药、新材料、信息服务等。对项目的平均投资规模达300至500万元。正因为集结了这些各具特色的资源，使得上海创投实现了覆盖上海主要创新创业源头的资金、技术、人才和项目资源的整合。

目前，所投的210个项目，大部分都处于正常、良好的运行状态，停止运作或清理的项目仅占百分之十，约有百分之十五的优秀科技企业脱颖而出，如新傲科技、交大高清、复旦申花、微创医械、华翔光电、蓝光科技、睿星生物、泽生科技等。新傲公司被国家科技部、国务院国资委、中华全国总工会联合认定为国家级创新型试点企业。

值得一提的是，上海创投的投资项目中，以海归人员为主体的企业占了四十席，他们把最新的科技成果带回创业，大大推进了上海科技型企业走向国际、融入世界的步伐。

笔者探知，上海创投的项目单位已经取得了专利和著作版权等自主创新知识产权五百余项，其中有国家科技进步一等奖；已有四十多个项目通过股权转让、海外上市、兼并收购等多种形式实现完全或部分"退出"，为上海创业投资事业营造了良好氛围，打下了坚实基础，为我国探索创业投资的成功之路积累了经验。

这是业界公认的，是"上海创投人"三千多个日子的努力干出来的，而不是泡沫出来的。文前所说的那些与抗震救灾、奥运转播、神舟七号等有关的事，就是他们创投成功的有力案例。真可谓：团队有为成大事，成功只向风险取！

成功取决于人的素质。"上海创投人"不但具有了解前沿科学信息和动态的求知欲、如何尽量规避创投风险的能力，更主要的是具有高度的社会责任心、脚踏实地的工作作风。

我发现，在他们提供的资料里，认真收录了温家宝总理考察上海时的重要指示："上海要增强国际竞争力，在于继续增强自主创新能力……充分发挥企业作为技术创新主体的作用,推进产学研相结合,积极发展创业风险投资。"

对照温总理讲话精神,积极从事创业风险投资的"上海创投人"交出了一份让国家和人民满意的答卷。他们播撒"种子"赢得一派春光,无愧于时代赋予的神圣使命。

转头回望,无言的本白色大楼,正沐浴在金秋的灿烂阳光里。它留下我欲究其所以然而显得有点"山外"的提问,我带走它仔细深藏的一串故事。

责任明明在君心

不看书报睡不着，看了书报想半天，不愿今日早合眼，总想明天做点啥。世上有如此"爱折腾"自己的人吗？有，我的笔正在触及的张建君，就是这样的主儿！

他是"上海世博会展示中心"现场总监，平时以心相许的是原创性发明，是上海甲秀工业设计有限公司的"一号挑夫"。

他出语不凡。

——某国扬言以高科技创新保持对中国的优势，我们尊重他者，但不买账，要和他们"过招"。所以，我和我的团队一直有动力。这些从高校聘来的年轻人特别有责任心，我很满意。

——"海纳百川"不是拿来主义，否则不就成了"大卖场"？"城市让生活更美好"，不是"人家让我们更美好"，我们要有自己本土的东西。毛主席说的我们要"自立于世界民族之林"，强调要"自立"。道理是一样的。

——设计和研发应该是上海的本色。然而现在原有民生产品的研发基础解体了，纯研发公司凤毛麟角，原创领域问津者寥。曾经享誉国内的"上海产品"的概念已经几近空洞化。实际上，这是淡薄了社会责任。

——"水落"正好"石出"。我的团队愿当创新设计的"志愿者"，为国家自主创新事业尽点力。我们注重研发，"自带干粮"慢慢地做，在看不到市场的情况下，不急于投产，把有限资金放在发明创造上。我相信，会找到转机的。（笔者：他们每年申请一百多个专利，三年多来累计申请400件专利。这在上海乃至全国的工业设计公司里是不多见的。"甲秀"被评为上海市专利工作示范企业。）

他关注民生。

——从媒体上获悉奥运火炬手晶晶的英雄壮举，深受感动，并得知晶晶不喜欢挂双拐，双拐吃重，不好受。又从晶晶想到了许许多多的残疾兄弟姐妹，他觉得有责任帮他们分担忧愁。于是，他率领部下绞尽脑汁，受到汽车"减震"的启发，终于发明出了一款"减震拐杖"。

——有家就有锁。有钱人家除了铁门，还有保险柜，都装了锁。小偷手里可能有"万能钥匙"，街头巷尾有开锁匠，国际上有开锁协会。他要发明一种让拥有锁的人用起来方便、外人又别想打开的非常特别的锁，以确保千家万户安全。设计已变成样品，反复实验后向欧洲一个权威的开锁协会发起挑战。他将这种锁的"狼牙状锁芯"称之为"安全中国芯"，自信之情写在了甲秀人的脸上。（笔者：2006年，欧洲某地举行开锁比赛，锁匠仅用半秒钟时间就打开了一把中国"王牌锁"，他以此为莫大耻辱。）

——行成于思，他对全世界沿用至今的传统手电筒来了个彻底颠覆，做成小巧的方柱形，取名"光立方"。"光立方"用不会发热的LED做发光体，九颗LED矩形排列成"九宫格",寿命为10万小时。该产品一问世便有人仿冒,边陲某小镇有卖者言之凿凿:这是俄罗斯的军工产品。去年他随团出访,在巴西圣保罗市,有位小伙子知道了他就是"光立方"的发明人,直喊"OK",使劲拥抱。原来,"光立方"在世界三大工业设计顶级奖项之一的"iF中国设计大奖"中捧得大奖,早已声名远播。有媒体把此誉为"中国上海民企折桂'工业设计奥斯卡'"。汶川大地震发生后,他立刻捐出6580个"光立方",为灾区送去光明。

从他无拘无束的谈吐和脚踏实地而取得的成功中,我引申出结论:有了"志立方",才有"光立方"。如果胸无大志,就会"马达少油、轮子打滑",不会专心去做。而他耐得了寂寞,人家在杯觥交错,在翩翩跳舞,他却在灯火阑珊处,接受专业著述的醍醐灌顶,冥思苦想,总觉得有个声音在催促自己。那是祖国母亲的声音。(笔者:日前卢湾区评选"品牌发展优秀双年人物",他无愧名列其中。)

张建君,这个小时候家居的"亭子间"紧靠着淮海路,长大后一直住在上海的七尺男儿,稔知生育之地的人文根脉,深深地爱着上海。喜欢读书,崇尚先进思想,善于思考,勇于探索,是他最大的长处。1996年下海后,创办了新思南广告公司,2005年,将其设计部独立出来,担纲成立"上海甲秀工业设计有限公司"。"甲秀"何意?有人发出疑问。原来,是以毛泽东曾经居住过的"甲秀里"命名。欲洞悉其中意蕴,也需要发散性思维。

张建君系统地学过医,对哲学也兴趣盎然,还学过工业管理，如今从事的活计似乎有点"翻山越岭"。有人说他是个"倔人"，我则认为他是一个思路开阔的大气者。还要说及的是，他懂得感恩，许多有"滴水"于他的人，都得到了他切实的帮助，当然是规矩方圆内的那种帮助。

他拿"不以物喜，不以己悲"为座右铭，任凭世间潮起潮落，云卷云舒，率领团队潜心于工业设计发明。甲秀人充满朝气活力，还有那种作为一个企业不可或缺的凝聚力。"甲秀"的骨干没有流失过。这似乎印证了张建君的人格魅力，也说明，只有以天下为己任，视事业为共同，才会有扯不开的团结一致。

张建君坚持认为，上海必须有自己本土的原创民生产品。2008年5月1日，"2010年上海世博会展示中心"在淮海中路香港新世界大厦"上海创意之窗"亮相，他任现场总监，常年宣传上海世博会。甲秀人提出一个口号："把我们的原创新产品打进世博会去！"又想起了他说的一句话："我不是在做梦，而是在追梦。做梦可以不去实行，而追梦是要付出巨大努力的。"

发明哪得蔚如许，责任明明在君心。

横看成岭侧成峰

　　我习惯于以"施贵宝"来称呼"百时美施贵宝公司"在华的所有企业，这样好，贴近了中国人的名字，姓"施"名"贵宝"，亲切又好记。横看侧看之前，先来个表述约定，能不用这家公司——"百时美施贵宝（中国）投资有限公司"全称的，就尽量简而称之施贵宝。

　　很惭愧，这么多年来我一直得益于施贵宝出品的药物，可是对施贵宝的了解实在是太有限了，仅仅知道这家企业生产"先锋6号"（头孢拉啶），每次我出门远行，总不忘带上它作为除恙弃疾之宝，以备不时之需，其他的皆盲然而不明。

　　这回犹如造访一位老朋友，怀着感恩的虔诚之心，零距离地请教了施贵宝，才对它有了进一步的认识。

　　原来，施贵宝与中国的缘分源远流长，可以追溯到二十世纪三十年代，当时通过宋庆龄领导的中国福利会基金会、上海光大华行和同建西药行，把美国施贵宝公司的药品秘密送往新四军后方，有力地支持了中国的抗日战争和中国人民的解放事业……我对作此介绍的百时美施贵宝（中国）投资有限公司副总裁傅旭东先生笑言："由此看来，施贵宝像'白求恩'，对中国革命也做出过贡献哩。""是呀，这种情况鲜为人知。现在施贵宝把企业直接办到中国来，是新时期国际主义精神的延续。"他接过我的话茬说，"本来嘛，医药姓'人道'，所有医药发明成果应该为全人类共享。"

傅先生开朗、豪放，很有男人味，是个思路清晰、有事业心和社会责任心的企业经理人。听说他人缘好，和属下员工很有亲和力，问及原由，他给我画了一张人员结构图，一般看到的这种图，都是阶梯金字塔形的，分工明确，但等级赫然在目，而他画给我看的却是圆形，各在其位，围成一个圆，亦有分工，但体现的是人与人之间的平等。这就是他对人的价值观念的图像化。原来如此！

与傅先生一席谈，加深了我对施贵宝的印象。施贵宝真的就像山，无形胜有形，穿越时空，逶迤千万里，正如苏轼诗句所描述的那样，"横看成岭侧成峰"。岭和峰两者皆为山，视角不同，山的形状就起了变化：横着看，目之所及是长长的山的走势，即"成岭"之谓也；侧着看，展现在眼前的则是山的高耸挺拔，即"成峰"之谓也。不妨就这样来横看侧看施贵宝吧。

横看。1887年两位美国青年布利斯特和尔斯创建了一家医药销售公司，十九世纪末叶也是美国人的施贵宝（人名译音，原来确有其人）成立了以自己名字命名的制药公司，1986年两家公司合并为百时美施贵宝公司，成为世界第二大制药企业。如今，该公司已然发展成为业务涉及一百多个国家和地区、拥有四万名员工的跨国企业，并一直（！）名列世界财富500强。这还不是绵延的"山"吗？

侧看。1982 年上海医药（集团）总公司和中国医药对外贸易总公司共同投资，引进美国施贵宝，开了中国制药行业吸纳外国企业的先河，当时叫中美上海施贵宝制药有限公司。1988 年上海施贵宝在国内首家获得加拿大保健局的质量认可，次年又通过了美国食品和药品管理局的认证，是中国第一家医药成品出口美国的企业。经过不断扩资，目前总投资额已达 4628 万美元，员工超千名，成为百时美施贵宝公司全球重要的生产基地之一。1994 年中美上海施贵宝组建了中国第一支非处方药推广队伍，这对突破传统营销模式，有着里程碑意义。1995 年才有了现在的施贵宝，两年后派生出美赞臣（广州）有限公司，同年设立了百时美施贵宝（上海）贸易有限公司。施贵宝提升了"中国投资"，从制药、生产销售婴幼儿营养品，到进出口各类医药产品、原材料和设备，企业越来越壮大，销售网络遍布中国和世界各地，单上海施贵宝年销售额就达 24.6 个亿。这还不是高耸的"山"吗？

采访全过程，傅旭东始终把自己"边缘化"，所言一直围绕着公司和员工，把施贵宝在上海生根开花、立足发展的功劳记在公司领导集体的经营理念、策略对头和员工敬业勤勉，以及公司长期营造出来的充满人文关怀、以职业操守凝聚合力的企业文化上。受他启发，我觉得更应该从精神层面来审视施贵宝。

落户中国二十七年的施贵宝，贵在精神，他们矗起了一座精神之山。

"世间物理信难穷"。百时美施贵宝把创新视为企业发展的原动力，向来坚持以研发为导向，在全球设有六个区域研发中心，研发人员多达七千余人，在包括中国在内的十四个国家设立了临床研究中心。他们专注于尚未得到满足的医疗需求，确立了艾滋病、老年痴呆、肥胖症、肿瘤、实体器官移植等十大重点疾病为防治领域，背负着芸芸众生的希望，致力于新药研制的科学攻关，成为全球最高效的研发制药企业之一。而上海施贵宝脚步矫健，业绩骄人。

上海施贵宝秉承施贵宝总公司"延长人类寿命，提高生活品质"的宗旨，追求卓越，打造诚信。他们坚守自己的信念："公司的每一件产品都凝聚着我们的诚信和正直。"拿傅旭东先生的话来表述就是"一针一片不得一失"。我和家人特别相信"先锋6号"，乃是从自己的用药"实践"中做出的选择。

施贵宝的博爱精神、慈善情怀也让我感动。在他们的理念中，全球的病患者都应该享有同等获得健康的权利。哪里有贫困，哪里有病疾，哪里有灾难，那里就有他们的身影。迄今为止，施贵宝的社会捐赠已超过六千万元，用于我国肝炎、艾滋病和癌症等疾病的防治与教育，把不同防治项目的对象分别锁定于母婴、学生、教师、社区群众和广大外出务工者。他们的足迹遍及北京、上海、甘肃、宁夏、福建、广东等地。傅旭东先生提供了一个数字，仅珠江三角洲一带就有四百六十余万外来务工人员从中获益。汶川大地震发生后，百时美施贵宝在华企业紧急启动赈灾工作，及时向灾区提供了价值超过900万元的现金、药品和其它物资。在疾病的防治与教育上，他们更是着眼于持续和长远，彰显了博爱慈善之心。

所谓精神，包括人的意识、思维活动和心理状态，而从精神转换为行动中，印证了施贵宝人在这几方面都是积极向上、奋发有为的，这才有了"横看成岭侧成峰"的壮美形象。江泽民同志为上海施贵宝题词：欲穷千里目，更上一层楼。

爱在手上舒在心

防螨材料、防霉防菌纯白硬质棉、防磨塑网、活性竹碳、记忆泡沫、超声波焊接……也许，人们难以将这么多的新名词和一个曾经常年与泥巴打交道的人联系在一起。

但是，这种联系却毋庸置疑地发生了，发生在上海爱舒床垫有限公司总经理祝汝华身上。

这种联系传递着时代进步的气息。且听祝汝华的肺腑感言："靠改革开放走上'金光大道'的农民兄弟，一旦掌握了科学知识和新材料、新技术，就能顺应社会需求，引领消费潮流。"面对体魄健壮、双眼炯炯有神的祝总，我暗地里自忖，凡是和他经历类似、事业有成的企业家都可以证明这一点，不由接上话茬："就能发挥聪明才智创造奇迹。"

祝汝华着实创造了奇迹。

1993年，爱舒床垫产品上市三个月，总共才售出七八张，一年只不过售出近百张。到现在，仅上海一地就有150万户居民与爱舒床垫"结缘"。十五年间销售量翻了一万五千多倍，这样的飚升势头，只有用奇迹来表述。

初始阶段爱舒床垫品种较为单一，科技含量也不高，如今，他们已然拥有"杜邦宝典"、"杜邦天使"、"金色天使"、"金伴侣"、"健美软硬两用"等各成系列的产品。科技上,采用比利时贝卡特防尘防螨面料、美国杜邦防螨材料,引进德国最先进的平面纫缝机、美国礼恩派整体热处理专利技术。经过自动化高温热压、灭菌烘干处理的天然棕丝、热熔毡,干净卫生环保,无异味。爱舒床垫除了透气性好,稳定性也好,"弹簧袋装"技术的应用,使得翻身时无弹簧摩擦声,真正做到了健康、舒适。其气派豪华的外观,就更无须赘言了。对一个从农村拔出腿来的企业家来说,这么快这么好"与世界接轨",难道不是奇迹!

自古乡间多才俊,灵犀一通无不能。初中毕业后,年仅十二岁的祝汝华回到生产队参加劳动。相比之下,浙江在全国农村中还算不错,然而当时一天也只能挣一角几分钱。这个日子不好过。后来,一个偶然的机会,他学到了种植食用菌的技术,靠零售食用草菇贴补家庭、维持生计。还是只能捉襟见肘打发日子。于是,他决定"换一种活法试试"。1992年,祝汝华开始闯荡大上海。次年,与几位亲友筹划请了三四个工人师傅,买了一台老式家用蝴蝶牌缝纫机,租房办起了床垫厂,即现在的上海爱舒床垫有限公司前身。

爱舒公司日就月将,眼下大矣、新矣、美矣。公司连续几年被评为上海市家具行业"著名生产企业",1999年通过了ISO9000质量体系认证,随后获得了"中国质量环保产品认证证书"——在生产床垫的上海同行中惟此一家。位于浦东上南路的总部,拥有一万平方米面积,2007年又在浦西虹梅路购置了五万多平方米的厂房，祝总向我透露，将择取合适地块再建一座新厂房。送我前往采访的栾家富师傅是个细心人，他数了数，他们停放在仓库门前通道上的"两吨头"货车就有十六辆，还不包括外出送货的车子呢。爱舒公司已在北京、天津、济南、杭州、宁波、无锡、扬州、南通等地建立了销售网络，产品还批量出口美国、法国、日本及澳大利亚等国家，无可争议地成为我国特别具有影响力的床垫企业之一。

行文至此该解题了。"舒在心"，从让广大消费者得到理想舒适的享受角度不难理解，"爱在手上"则似乎有点费解。

其实理解并不难。祝汝华说得对呀，企业人的爱心是通过产品与服务去体现的，而产品也好、服务也罢，都得人具体去做，哪一样离得开手呢？啊，他对人类双手的礼赞是如此的自然，一不小心就露出自己的本色来。

在祝总的经营理念中，创牌子至关重要，而创牌子首先靠信用。

信用之中，确保品质又是第一条。床垫使用过程，往往弹簧容易闹别扭，为此，爱舒公司引进了世界上目前最先进的电脑温控整体热处理设备，以"锁定"弹簧质量。同时，与材料供应商签订合同，白纸黑字定下严格标准，坚决杜绝次品材料。讲究信用的第二条是，履行承诺做好售时和售后服务。遇上电话订货，考虑到顾客需求存在个性差异，往往一次送上几只质地软硬不同的床垫任其挑选，或者索性请他来公司"试睡"。有时候，根据买家要求做成的床垫送上门去却出现了情况：规格太大搬不进！公司就加派人员前往，帮着从楼外窗口吊上去。如果实在不行，则让对方退回，改为折叠式床垫。为了让"上帝"满意，真可谓不惜工本。

商界太多的事实教人明白，厂家之信用取决于"掌门人"的人品。祝汝华秉性淳朴，利益面前总是谦让，不占人家便宜。他有一句口头禅：宁愿人过我，我绝不过人。"过"乃为"过分"之意。祝汝华豁达大度，得理亦让人。他活得明白："我能有今天，感恩社会还来不及呢，让点利，吃点亏，也是为社会作贡献。"他心地磊落，对原材料涨价，能"消化"则消化，实在"消化"不了，就合理合法适当提价，光明正大，决不搞偷工减料那一套，不管什么型号的产品，都坚持用料标准，做到"质量不打折"。

林子这么大，什么鸟都有。市场这么大，鱼目混珠是常有的事。"爱舒"的名声响了，就有人生产面料花型相同的冒牌货抛售于市。当时向商家交涉也徒劳，因为早已提交注册的商标尚未拿到手。1996年公司接到了中华人民共和国核发的商标注册证，法定独家使用"爱舒"弹簧床垫商标。有关部门尽心竭力，终于取缔了市场上假冒"爱舒"的产品，使得老百姓可以放心地爱舒了。

创品牌之路坎坷曲折，一定要取得法律的保护。竞争免不了，但不能超出良心的底线。"祝汝华颇有感触，"爱舒坚持四条——设备硬件要领先于对手，产品质量要优于对手，款式要新于对手，服务要强于对手。"这不就是"爱舒"的成功之道吗？

祝汝华坦露心迹："一个人三分之一的时间在床上，床垫是贴身用品，让大家睡得称心如意，托起千百万人的美梦，就是我的追求。""爱舒"无愧于自己，也无愧于天下！

摈弃花言自有品

"吃的是一锅饭，点的是一灯油"，从前有一首歌是这么唱人民子弟兵当年护秋收之情景的——人间烟火，鱼水情深。我和开来都是民，但亦吃"一锅饭"（单位食堂）、点"一灯油"（办公大楼一路电），轮到合作时四只眼睛盯着同一台电脑……有时我不唤他名字，就叫他"大块头"，他一点也不计较。

我素来不喜欢嘴上淌蜜之辈，视花言巧语为哄人的谎话。"大块头"绝然不是这样的人，他进电脑房工作有十五六个年头了，给了我美好的印象。眼下我在编辑"书香小筑"文学版，是报社海外部的，开来除了忙于别他业务（被受众热议的不少新闻稿，都经过他和同事的指尖输录速递），还定时为我拼版，所以这种印象仍在延续。

花言巧语与开来无缘，朴实无华是他的操守。我父母还坚持在病榻的时候，每逢重大节假日我免不了要回乡探望，于是就得提早把版面做好，只要对他一说，他没有二话。特别是去年，我急于回去跟父亲见最后一面，又要提前做版，是时开来妻子身怀六甲，需要他及时下班去关心，他硬是延迟时间把版子弄好了才回去。他的话非常质朴："谁没有父母，这是应该的。"有时候文章改动多多，连我自己也看得云里雾里，嘿，他总能按照我的删改符号收拾得清清爽爽，没有一处差池，让我深感讶异。这自然少不了那种认真负责的态度。每次和他通电话，他无非寥寥数语，"噢，晓得啦，就这样"，不会超过一两分钟。话不多，也无锦绣，但心息相通，照样令人心生感动。

然而，倘若你认为开来"闷笃笃"不合群，那就错了。平常他也有说有笑，只不过少了那种动听言辞。中午部门里的兄弟姐妹们有时也换换口味叫外卖，或者就近去餐厅匆匆小聚，他从来不挑剔，吃什么都吃得那么香，筷举欢乐，融洽如饴。身边同事和电脑房"主持"都夸他好，善良、豁达、随和，没见过他跟人"急"，办事一贯认认真真。开来还被推派晋京参加全国新闻出版行业的速录比赛呢，其业务素质不可轻看。

身为独生子的开来，举止上却找不到娇生惯养的烙印，佐证了他父母栽培有方。他又是孝子一个，常把父母的冷暖、需求揣在心上，与长辈不存在那种"代沟"，丈母娘对他也是越看越欢喜。我由此而得通透，更加相信子女与父母之间的感情乃是因果互动的结果，也窥见了他屡屡成我探亲之美的思想底色。开来的宝贝女儿取名"孝言"，据他自己说这是按传统辈分"定位"，女儿属于沈门中的"孝"字辈。汉语中一字叫一言，如五言诗、万言书，"孝言"即一个"孝"字。其实，这何尝不是他的心愿呢？——让"继往"的女儿在孝的路上"开来"。百善孝为先，孝道值得发扬光大，不仅仅对双方父母，对事业也应该尽一分"孝心"才是。

摈弃花言自有品。为人处世，不在于说得好听，而在于真心诚意，做得实在。敞开襟怀在这儿讲一句话：共和国的大厦不是靠花言巧语撑起的，在看似平凡的岗位上脚踏实地、肯尽力"挑担"的人多多益善，那才是坚固的基石。"峨山未必入吾墨，涂此小景记由衷。"

述金如金

　　心理健康的残障人比常人更热爱生活，他们总是尽最大努力融入环境，接触社会，感知世界，体味人生。盲人陈述金就是这样。

　　作为原上海港务局属下一家工厂职工的陈述金，并非生下来就是盲人，他的眼睛曾经亮了几十年，后来因工伤才造成双目失明。有年轻人问及当年是如何致残的，他没有正面回答，只是说，我看到过世界的色彩，看到过妻子和儿女的模样，也为社会加过砖添过瓦，所以我不后悔。

　　继续力所能及地为社会做些有益的事，是陈述金的精神追求——他没有忘记自己是个共产党员。双目失明后，子女不在身边，全靠老伴悉心照料。天气晴朗暖和的日子，老夫妻俩常去长阳路边的树阴底下和一批老人聊天，时间长了，觉得很投缘，也平添了许多生活乐趣。于是，陈述金产生了把大家请到自己家里，定时学习交流的念头。他将想法向所在的中王小区党支部作了汇报，取得了支持。

　　"君子与君子，以同道为朋。"这就是"道朋"读书班名字的出处。读书班就设在陈述金家里，每周一上午学习两个小时，六年来从未间断。读书班由从上海大学退下来的魏老师主持，人员来自两个街道三个小区，共11人，平均年龄77岁，最大的86岁，是孔子的第76代孙。陈家不但免费供应茶水，冷热天还开空调。述金是个有心人，他让妻子记下每位老人的生日，逢五逢十本着"开心、节约"的原则，利用碰头时间在家里为他们做寿，所有费用均由他承担。

双目失明的陈述金每天都收听新闻广播，有时还叫老伴给他读报或者讲解电视节目。通过脑子过滤、分析，在读书班上谈体会。他还口编了许多自由诗，经孔令朋先生整理为《健康篇》《处事篇》《劝世篇》《廉政篇》在报刊上发表。乐此如饴，就不觉得累，惟有"千金难买的充实"。

陈述金的坚毅、乐观与豁达，对读书班成员的影响是无声的。这些老人学业、经历不一，如今都坚持要"活到老学到老，有意义到老"。正可谓：天地不嫌妪叟，你我各有千秋。开合自沾心得，文理同班交流。大家谈笑风生，却不见吞牛壮气，什么都谈，就是不吐脏话，优雅宛若晚秋的风景。当然，有时还会有不顺心的事儿，摊开来议一议，相互开导，苦恼就消遁了。读书班成了这些老人的"进修班"，化解心事的怡乐园。

老陈喜欢旅游，在老伴的照顾下，他去了连不少明眼人都还没有去过的洋山深水港（曾经的职业使他对"港务"怀有特别的情愫），还游了苏州、昆山和香港，现在又萌发了去宝岛台湾旅游的念头。陈述金用身心去感知祖国的变化与进步，并拿热情和喜悦去感染周围的人。

有一天，老陈从广播里听到把遗体捐献给科研单位是一个人最后为社会作贡献，他就和妻子商量，并说通了子女，去有关部门办理了捐献遗体手续。啊！谁说盲人失去了视力就不能识别世界，只要襟怀明亮，照样可以穿越红尘透视人生。

我眼中，述金如金。值得敬重的，还有"道朋"读书班的其他所有老人。他们用闲暇的时间，在心里爱抚着过去的日子，思考着还能做些什么。

中国的圣诞

济公故里访葛仙古茶

　　青山四面合，茶林几坡斜。葛仙古茶的栽植地，就在济公故里浙江天台的一个山头上——天台山华顶。

　　拾级于山道，人人喘着粗气却神采飞扬，笑说今天洗了肺。陪同我们的陈式锭和陈邦地两位先生欣然相告，这里是 4A 级国家森林公园，难怪空气新鲜得简直可以拣出负离子来。

　　访葛仙古茶这档"节目"其实是临时的派生品。在参观雕梁描金、翘檐悬铃的"济公故里"时，我们几个上海客欢呼喝到了好茶，那茶汤水清澈，无一点浑浊，明净中透出淡绿，上口时舌根略觉苦涩，但不久就变得浓醇爽口。不知当年济公大碗里的茶，是否也是这般味道？料想他云游四方，对茶是没有那么讲究的。问导游，方知这绿茶出于"葛仙"名门。于是，转了几个"弯"终于找到了上述二陈。他们先递上一个信息：改革开放以来，葛仙茶园扩大至两千余亩，带动周边村村落落的农户共同致富——好啊！这无疑是一个可贵的精神亮点。

　　道茶论茶，我似乎难脱与桑梓福建之干系。福建有名茶。如果记忆不出差池的话，南唐时福建建安的"龙凤团茶"即被朝廷定为贡品；宋代风行的"斗茶"这一饮茶艺术，其诞生地亦在建安一带。在乡承俗，我从小就成了茶粉丝。茶，不但滋润了我生命年轮，而且不断怂恿我去探究中国茶文化的前世今生。

据浅陋所知，常年与青山为伴的钟鼓僧人和五斗道士，对中国茶树的栽培、普及，茶叶的制作所作的贡献，当冠以"特殊"二字。他们的禅林法语赋予茶叶以脱俗胎性，提升了它在众生心目中的鲜灵活气。二十多年前，我曾写过题为《我的和尚同学》的文章，由他相赠寺院自植的"龟山茶"，其醇香仿佛依然氤氲于我的鼻底舌尖。

我早就有个"溜茶小九九"，尽尝中国茗珍，武夷大红袍、安溪铁观音、西湖龙井、东山碧螺春、六安瓜片、黄山毛峰、信阳毛尖……都一一尝过，而唯独缺了一只角，此前未曾领略过葛仙茶之滋味。所以，我对踏访葛仙古茶兴致尤盛。

天台华顶昂首天外。置身怡神，环顾间有阵阵山岚飘忽而至，我戏言，济公来啦！逗得诸君哈哈大乐。33棵高大茶树生机盎然，让人亲睹老当益壮。据北京来的专家考证，它们历经一千八百余年风雨，乃生于济公之前的"高道葛玄"手植的"进化型古茶"。在前年的天台茶文化旅游节上，采自其上的二两"汉茶"真实拍出了12万元，闻者咋舌，但无可非议，因为这是朗朗乾坤下周瑜黄盖之间的事。借得两句不同出处的诗，以志社会前行：金沙水拍云崖暖，银山浪涌潮头宽。

华顶上有个山洞，诗意名"归云"，入眼就有一种远离凡尘的味儿，怪不得后人会将当年修炼于斯的葛玄尊为葛仙。一块石碑竖于华顶外侧，碑文《葛仙茗圃》，遥寄着对"江南茶祖"的殷情怀念。更有"韩日茶源"字样。我想是的，佛教之一脉的"天台宗"，与韩日佛教之间的交往源远流长，中国的植茶之道该是由他们派来的"留学生"抱回去的吧。碑文凿凿，原来，杭州最早的茶树，乃是南朝诗人谢灵运去杭州下天竺翻译佛经时，从这里带来的，并最终演化为声名浩荡的西湖龙井。

问茶哪得佳如许，毕业于浙大茶学系的"学院型专家"陈式锭，有着几十年育茶经验的"村野型专家"陈邦地，稍作思索后道出其要：葛仙茶种好，这就不用说了。一是茶园地势高爽，且为香灰沙土，即古人说的"烂石土"，适于茶树生长。一般都在千米高山，无工业污染。二是天台山地区气候温湿，长出来的茶叶"肉子"比较厚，加上生产设备现代化，严格掌握摊青、杀青、揉捻、整形、烘干、包装六道工序，这就确保了茶的高品质。续问，凭肉眼如何判断绿茶质量，答曰：优质茶叶的外形有同一性标准，即形小紧结、整齐匀称、色泽鲜活润正。反之，灰暗色的肯定与好茶无缘。真可谓：山中藏奥妙，茶内学问多。

下山途中，从前留意的许多跟茶相关联的人和事，默默地自行显示在我的心屏上，由远而近渐然清晰：

先是孙中山先生。他在《民生主义》的开头就写了开门七件事，"柴米油盐酱醋茶"，曰中国是"产茶之母国"，茶为"最合卫生、最优美之人类饮料"。继而是周恩来。周总理不仅喜欢饮茶，还不忘关心种茶和茶农生活。他生前曾数次去过葛仙茶的衍生地杭州梅家坞，进屋访问茶农，同采茶姑娘一起采茶，并带领当地干部上茶山，指导制订茶叶生产发展规划……

青山在，茶香长。任凭世事沧桑，自古东风不负人。放眼今日之华夏，茶品茶艺纷呈，茶园秀绿了 19 个省区近千个县市。葛仙若泉下有知，说不定也会是济公"乐呀乐"的那种模样。

禅意九华山

名山是有感召力的。这不，在丙戌岁杪，我提前了结手头事务，去了心仪已久的九华山。同行者有修晓林、罗建荣、费爱能、王抗美、陈淑兰、罗玲和娄靖。我只知道是修晓林先生邀我的，至今尚不晓得谁是发起人。但这并不重要，重要的是，同行者要有尽可能多的共同语言。临行之前就念及，在九华山所在地安徽青阳县，有一位我大学的同学。

一路上，满车的欢声笑语，故知无话不谈，新朋一见如故，八九个小时下来一点也不累。我们下榻在九华山腹地的香樟树宾馆。晨出，沐清风淡雾；暮归，披一身晚霞祥光。大家觉得，青阳西南这一百余平方公里土地，弥漫着禅意。

何谓禅意？晚上在宾馆里我们各抒己见。有的说，九华山与峨眉、五台、普陀合称中国佛教四大名山，你看这九峰山峦叠翠，雾霭缭绕，这一座座古刹殿宇宏观，庙黄扑面，还有林间天籁、村落炊烟，这氛围就是一种禅意；

有的说，佛教是一种信仰，也是中国传统文化的一个重要组成部分。许多佛教题材的作品和寺院建筑是我们传统文化中的瑰宝，如敦煌壁画、大足石刻、九华禅林、布达拉宫建筑等，它们流传甚广，旷日持久地"点击"着大众的心理。这种文化就是影响民众心灵的禅意；

有的说，释加牟尼创立佛教，一开始是针对当时思想界讨论自然和宇宙本体的抽象玄思、作为联系实际的人生哲学出现的。在后来的传播发展中笼罩了许多迷信色彩，这是需要区分的。但佛教对于人生真谛、生命本质的思考和揭示，成为疏导人类精神的太过广阔的禅意，永远有着重大的价值；

有的说，佛教的世界观其实是多元的。它提倡的自主自救、与人为善、忍辱负重、有节进取，都是值得肯定的。"禄无常家，福无定门。"佛教认为从来就没有什么救世主，一切全靠自己"修行"，这点更显露其积极意义。现代人要从佛教世界观的多元化去理解禅意的多样性；

有的说，鲁迅有言："释加牟尼真是大哲，他把我们平常对于人生难以解决的问题，早给我们启示了。"鲁迅明知人生的终极是"虚无"，但他"以悲观作不悲观，以无可为为可为"，偏与邪恶作"绝望的抗战"。他悟到的正是积极的禅意；

有的则说，禅意在生活中无处不在，往往是人们自身对世界"当下即是"的感悟，这一刹那称为禅机，所悟即禅悟，或曰禅会。在当今生活和文学作品中，禅意一词已不鲜见……

畅谈间，宛然有一扇佛学"宝殿"之门向着我徐徐开启。

首日，我们参观了摩空岭上的百岁宫、舍生崖西麓的祇园寺和九华山中心岙地上的化城寺等寺庙，目睹了血经、法器、铸鼎、玉印、圣旨等宝贵文物，读到了这些古刹的兴衰史，不禁为九华山佛教文化的博大所震撼。

第二天，赴海拔 1325 米的天台正顶参观天台寺。出发在即，闻得乘缆车至山腰，接着还要再爬 800 级台阶，我顿生畏难而准备放弃。忽一闪念："上九华不到天台，白流汗等于白来。"于是抖擞精神，上山！年龄最大的我，居然跑在了队伍前头，令诸位刮目相看。我身沁微汗气喘吁吁，心里明白，我已经竭力"自救"矣。

天台正顶最高处名曰"云峡"。峰上有一平台，建六角捧日亭。导游小姐相告，如若赶在夏季，除了观看日出胜景，还能一睹低处满山的红杜鹃。我想象着，那该是九华灵山秀水捧出的与庙黄相映成趣的灿烂禅意。下山时，修晓林拍着自己的背包说，怕山上冷，我为你备了一件羽绒服。感动地望着他，我禅悟：与诚者行，心可宽，身可托，如沐春风！

驱车返沪，途经青阳县城，我又记起这里的大学同窗来，他毕业后回家乡政府机关工作，如鱼得水而甘于淡泊，令人感佩，于是我向司机叫停，下车再踩了踩这片为 28 万人民提供生活处所和勤劳自强平台、承载九华禅林、养育我这位学友的土地，作为告别。当下里自忖，适己的所在，不就是在诠释生命意义的同时造福于他人的佳处么？

名山多姿，禅意无形。有人得新交，有人温旧谊。啊！九华，让我依依九回头。

天府之国的人和事

　　驻足于世博园四川馆视频图片前，我又一次目睹了当时汶川的不幸，再一回看到了呐喊着涌动的爱心潮，并乐见了如何在震后重建中加快生机的成长。离馆之后，脑际无法拒绝地浮现出太极老白的身影。天各一方，久违了呀！

　　听悉其名还是在前年，感同身受的情愫促使我前往汶川灾区，绵阳有太极集团的制药厂，采访过程中大家不约而同提到老白——

　　说他震后几度赶来绵阳，置小家于不顾。绵阳离震中直距仅50里，震得厉害，不少人认为是"世界末日"。人们余悸未消，省里下达了生产急用药品的任务，他"清点"了员工，一边安抚，一边动员。尽管那些天余震不断，关键时刻党团员纷纷走上生产第一线——听到这里我泪水盈眶，不被感动亦难。

　　说他思路清晰，作风严谨。外地捐赠给灾区的药物统统由他们代为接收，登记造册，负责运送发放。身在一线的老白神色始终凝重，反复叮嘱，务必"及时发送，急用先投，不出差错，不留盲点"。

　　感动推着我一定要尽快找到他。我马不停蹄从重庆赶去涪陵，太极"总部"就设在那里。

一路往南，景象与灾区全然不同，山明水秀，云淡风轻。途中，一块写着"长寿县"的路牌扑面而来，使我立即想起上海有条长寿路。身边朋友告诉我，当地有个大湖，露出水面的天然山石形成了很大的繁体"长寿"两字。啊！真是个永远美丽的人间天府。

涪陵亦美。下得车来，便有江泽民同志亲笔题写的"太极集团"四个大字映入眼帘。我如愿以偿跟老白见了面。他的姓和模样疑似少数民族，问下来却不是。

一万三千余名员工，家大业大贡献大。太极人在绿水青山上空架起一座特殊的"长虹桥"，上面有一千五百多种中西药的异彩。他们传承了一大批国家中药保护品种，身上负载着多少杏林寄托；他们以科研催开数十朵国家专利之花，成果背后是多少深夜无眠。四川盆地早已装满了太极集团的盛名。

身为太极集团董事局主席的白礼西，不居功、不露圭角，安于脚踏实地；不辍足、不怕担子重，正带领团队加快国际合作步伐。一种长期的责任感已然融入了老白的血液。他给我留下的深刻印象就是他的"白"，说话明白，做人做事明白。

交谈中，回闪出在绵阳采访时听到的另一番话：老白善于观察，体恤灾民。由于多日不换内衣，汗出得多，又缺少盥洗条件，灾民身上的那种状况可想而知。老白看着心急，决定赶制衣物，包括内裤在内，先后送去15万件。果如所料，小小一条"三角裤"大受欢迎，许多灾民举着它，手舞足蹈，称赞"太极及时，太极贴心"。是啊，天下大事必作于细。重金表明慷慨，而好事之好更在于做到"点"上。太极不但屡有慷慨，而且独具精微。

老白对我所获信息作了修正意义的补充，认真地说，那时候相当吃分量的是集团总经理，他才是我们救灾第一线的总指挥，还有我们西南药业和桐君阁的两位董事长，他俩都是奋勇当先，不辞辛劳。老白指着报纸上的照片让我看，说，我们的一位志愿者疲劳过度晕倒了，这是在现场抢救……无名英雄就更多了。太极集团被评为抗震救灾全国先进单位，这面红旗就是靠全体员工扛起来的。

在当过中学校长的父亲的熏陶下，温文尔雅的老白说起话来都带那么一点教师味——集团要求我们每个公司"求证"要科学，"加减乘除"一定要清楚；要求每位员工心中有大局，生命的"坐标"上必须突出爱心。老白不愿多谈困难。他说，涪陵人从小就喜欢爬山，再险峻的山也能攀上去。这，不就是四川人民的志气吗？

有件事令我惊诧不小——集团大厦后山上的水库竟取名为"南湖"。南湖在嘉兴呀！这……老白瞬间就觉察了我的心思，说，宇内之水实为一家，天上地下循环不断，流动无休。叫它"南湖"，是希望全体员工牢记今天的好日子是怎么来的，要懂得感恩。

噢，明白，辽阔的明白，深远的明白！

……

世博园四川馆视频重现的、展示的，让我又接受了一次精神洗礼。默默地想：调和阴阳，捭阖无穷，"太极"之谓也。就汶川而言，有了全社会的大爱和干群自身的大坚强，才有了调和与捭阖的承重架构，才有了今日的新容颜——这样的生机最高昂、最质感，最经得起风雨。

天府之国既远又近，想起蜀道觉得很遥远，念及那里的人和事又仿佛近在咫尺。见匆匆，难忘怀，托付长风问个好！

千里广安真咫尺

　　山也迢迢，水也迢迢。然而，千里广安真咫尺，此乃心理上的距离。从上海出发时我就想好了的，在重庆办完事情之后，一定要去广安——邓小平的家乡。

　　广安山清水秀，原来是四川省的一个县，今为地级市。车至广安境内，道路两边，一丛丛叫不出名字的黄花，拿亲切秋意摇曳于枝梢；一群群背书包的孩子，说说笑笑，走得自如自在又自得。有些个脸庞，让人觉得好不熟悉啊！我悄然自忖，那就是地域造就的人之模样特征吧。

　　同行者中，有人朗声抒怀："路边这些娃也不要小瞧，说不准在他们当中将来就会走出一个巨人来！"大家含笑点头。坐骑左拐，过一座桥。这桥已有年矣，窄小，旁边正在另建一座桥。工程队来自外省，他们在工地上拉出一条"向广安人民致敬！"的大标语。可见人们记住了中国改革开放"总设计师"的功绩，对他的故乡都写在一个心情里——崇敬。

　　桥下流淌的渠江，护佑着老广安县城——如今面貌焕然一新的广安市中心城区。而广安人习惯称呼的"邓家老院子"，位于广安市的协兴镇牌坊村，还要往北往里走。

　　往北的大路宽畅平坦，直抵以牌楼为标志的故里。邓家老院子隐在一座新辟的园林背后，江泽民亲笔为其题写门匾：邓小平同志故居。

缓步，细赏。故居是一座农家三合院，坐北朝南，由北厢房、正房和南厢房三组平房构成，数下来为17间。木结构，小青瓦，墙体系夹板和竹笆泥的混合墙。"地亦有性，物乎不弃。"故居穿越岁月，散发着浓郁的蜀乡风情。院外修竹环抱，院内菡塘覆绿。环境优美，景色宜人。1904年8月22日，邓小平就诞生在这邓家老院子里。

1951年，按照小平同志的意见，老家的房屋家产全部交由当地政府安排。其间，先后做过公共食堂，办过文化站和幼儿园。上世纪八十年代初，政府开始加强对故居的养护。1992年，邓小平故居成为县文物保护单位，四年后作为省重点文保。2001年，国务院将其列为全国重点文保单位。邓小平同志故居的"升迁"过程，见证了一段中国历史，意味深长。

北厢房第五间是小平童年、少年时代的住房，里面至今还保存着他用过的书桌、油灯和笔砚。阅牌记，听介绍，让人难忘：邓小平五岁那年进入村外的一所私塾，接受启蒙教育。报名时，私塾先生认为叫"邓先圣"（邓小平的族名）不妥，"先圣"是对孔夫子的尊称，便给他改名邓希贤，希望他以后做一个贤达之人。故此，邓小平童年又叫"贤娃"。日月轮回，天降大任，当年的"贤娃"让那位老先生的希望生了根开了花。巴山蜀水毓灵秀，灼灼亮亮耀中华。

邓小平从小就熟读圣贤书，且学习成绩出众。一向热心社会事务的父亲邓绍昌，对此却不以为然，他认为，孩子除了学好课堂知识外，还应该出去走走，"要增加知识，还要见见世面"。邓绍昌有机会就携带邓小平接触社会。邓小平去重庆就读留法勤工俭学预备学校，这条路也是父亲着意为他选择的。1919 年 9 月，志存高远的邓小平背负行囊，自家乡去了重庆，后来又到了法国，从此开始了艰辛曲折、波澜壮阔的革命人生。

早就听说小平十分敬重母亲，故而在参观北厢房第二间的时候我特别留意。这里是母亲淡氏织布的地方。父亲常年在外谋事，整个家庭全靠母亲操持，上要照顾年迈的婆婆，下要抚育年幼的儿女。淡氏真是不"淡"啊！懂事的小平体恤母亲，放学回来经常与弟妹一起采桑，帮妈妈养蚕。每每给蚕儿铺陈桑叶，他的手势特别熟练，动作极为灵巧。我很赞成一种见解：邓小平始终不忘"我是人民的儿子"，与两个"刻骨铭心"不无关系，一是母亲从小对他的熏陶，二是他对母亲执著的爱。

告别邓小平故居之后，我们转道拜谒了邓小平母亲之茔。母亲淡氏 1927 年积劳成疾去世。茔地在佛手山，离故居七八分钟车程。弃车徒步蜿蜒而去，或下坡，或拾级，一路上橘树滴翠，丹桂飘香。墓碑题联"阴地不如心地后人须学好人"，出自父亲邓绍昌之手。这不仅是对小平深爱的母亲淡氏的评价，也是对子孙后代的叮咛呀！1978 年，一块巨石从山顶轰然滚落，定定地立于茔地的前左侧，母茔完好无损。同年，小平同志复出。

尽管邓小平从 1919 年至 1997 年，七十八年间未曾回过一次故乡，但他一直关心着家乡的发展和进步，1986 年在成都金牛宾馆接见了家乡的代表，而后又殷殷寄语：一定要把广安建设好……

广安因小平而广，小平因"广安"而安。"总设计师"想着中国的大事，也难舍故乡情愫。这，就是一代伟人博大磊落的真实胸怀。在对改革开放让世界人口最大国摆脱贫困的感恩中，小平的音容笑貌恍若眼前，人们觉得广安并不遥远。

茅台的树

宝地茅台，弥漫着浓浓的糟香和酒香。眼前一棵棵垂下长长气根的榕树，俨然阅尽沧桑的长者，随风婆娑、摇晃，那分明是醉了。

与这些树相去咫尺，便是清冽的赤水。它放慢脚步，从容地打酒厂旁边流过。遥想当年，红军第三次横渡赤水就发生在这里。将士们浴血奋战，舍生忘死，有岸上的红崖可以作证，厂边那棵资深的榕树也会向你诉说。一杯壮行酒，长了万丈豪气。一壶清纯液，疗了多少伤痛。我终于了然，老一辈革命家为何对茅台一往情深。

周总理发过话，赤水河沿岸不得污染，于是才有了今日铭刻于峭壁的巨字"美酒河"，使得天下千觚万盏都与赤水结上良缘。茅台酒厂区内的《国酒之父——周恩来》塑像，那是一段辉煌历史的定格，更是一种天长地久的思念。

半醉半醒的树站成了一道风景。我的心也醉了，醉在不息的风中，醉在了犹闻红军呐喊的赤水河畔……

情意崇明

　　崇明像蚕宝宝，这是说她的形状。在长江浪涛拍岸、东海碧波跃金之间，她感恩江河，沉思天地，笑向古今。

　　崇明像蚕宝宝，这是说她不停地"吐丝"。这"丝"是绿色的、温暖的，可食可披，世代不竭，庇护、润泽芸芸生灵。于是，我把"崇明"解读为崇尚文明。

　　崇明像蚕宝宝，这是说她的形状。上了岛，就没了岛的感觉，毕竟是神州第三大岛喔！当看到"鼓浪屿路"时，更是平添几许亲切，俯仰之间，把她当作了南方自己的故乡。原来，这岛上的诸多路，都以我国大小岛屿命名，手牵手成了一幅生动画卷，一张扯不断的友善网络。

　　堤岸芦花，举目点数帆影；垄亩谷穗，颔首叙说丰年。那千手栽植的万株水杉，如今已称盛于岛上公园，队列有序，将风中情思摇曳，默念着当年的男女知青。其实，磨练也罢，峥嵘也罢，都已成为过往。而意在纪念的"知青墙"，却分明镌刻着一个时代，恭敬地交付跌宕起伏的历史。

　　不知道岛上女人的名字有什么讲究，我认识的男人，名字中皆蕴涵着一种浩气，晓东、飞龙、振华、勇刚……其间或显露迎接东方日出的特有地域审美，或寄托四边水域禁锢不了的向上精神。岛人有着过人的坚强。坚强的岛人格外能干，把一方土地拾弄得井井有条，装点得花里团锦里簇。东滩湿地、明珠湖、北湖……一颗颗明珠在说，"人无我有"，海岛不一般，一般不海岛！于是，我拿谐音把"崇明"读作"聪明"。

崇明像蚕宝宝，这是说她的形状。翱翔的白鹭莫非自鼓浪屿飞来，欢叫着把"将从水底连接大陆"的喜讯传播，乐得那滩涂上的无数跳跳鱼，钻进钻出跳个不停。好呀，继续跳吧，更壮观的气象还在新一轮日出呢！

崇明像蚕宝宝，这是说她不停地"吐丝"。"丝"无尽，生有涯。一个人只能见证一段历史，一部岛史则可以映现万千人的身影——能不念长江？能不忆先人？

"崇明岛"三个大字，勒在耸立的巨石上，那碑文出于一位崇明之子、意境诗人之手。有幸，刻上之前，他将文稿让我先睹，历史烟云掉阖行间，其文采至今还在我心坎上流动。

啊！像蚕宝宝的崇明，生态的崇明，绿色的、温暖的、生机无限的崇明。

去台湾的路上

"天开清远峡，地转凝碧湾。"台湾，由菲律宾海洋板块与欧亚大陆板块碰撞而成陆，又由于另一种众所周知的"碰撞"闭岛自锁而显得神秘，也正因为神秘才一直吸引着我。

小时候我就学会了一支歌："半屏山，半屏山，一半在东边，一半在西边，阿妈头上插的花，开在两边的山坡上。"稍长之后才知道有这么一个神话：福建和台湾的两个半屏山原为一座山，如同一架美不胜收的大然屏风。玉皇大帝妒忌其美姿，派神把它一劈为二，一半在福建，一半在台湾。歌谣源于神话，世代相传，描绘的是一幅台湾和大陆山水相连的情景历史画卷。

己丑之春，我忝于商业考察之列先去香港再去台湾，实现了多年来的愿望。飞机进入福建上空时，我对同伴说，下面就是我的家乡。实际上，机翼下是一片云山云海，无法看清地面模样，只是从飞行时间约略得出的一个判断。

两小时之后，飞抵香港。机场上没有什么闲置的草地，多为水门汀所覆盖，地面被充分利用了。停机坪上的许多飞机标识不同，我一眼就发现了来自台湾地区的飞机，其中有"长荣"航空公司的，还有我在"大三通"电视直播画面上看到的机身上绘着蝴蝶兰的飞机，没记错的话，那是"中华"航空公司的。后来从香港去台湾，我们搭乘的就是"长荣"班机。

在机上，我结识了此行的第一位台湾朋友，姓陈，和我邻座。我手里有两份台湾报纸，我向他递上其中的一份，他摇摇头，指着要看另一份。大概是见我疑惑不解，他道出了个中缘由："在我们台湾，多数人是不看这份报纸的。"当时我就想，其实还是知己知彼为好，看看又何妨呢？他接着说，报纸贵在真实报道，而这份报纸不是这样，所以我懒得看。陈先生举了一个例子，"三鹿奶粉事件"，受害的主要是大陆消费者，肇事人已经受到了应得的严厉惩处，这份报纸却把它说成什么"大陆制造有毒奶粉毒害台湾人民"，分明是睁着眼睛说瞎话，"妙笔生毒"蛊惑人心。自由诚可贵，然而一旦成了一种主义，自由主义，那就大告不妙了……我从心里敬重这位同胞，敬重他的分明爱憎、他的正直良知。

飞机突然颠簸起来，少顷，重归于平稳。此时此刻，我想起两个家乡的人，一个叫瑞高，一个叫阿亮，都是跟我父亲同辈的，和我家仅一墙之隔，解放前夕被国民党"抓壮丁"从军去了台湾。当时瑞高尚未成家，走后一直没有音讯，或许早已阵亡了；阿亮则是完婚拜了堂的，走的时候蜜月未馨，上世纪六十年代初曾经有过一丝消息辗转而来，若有若无，最终没有联系上，妻子领养了小孩，撑起一个破碎的家，在无尽的思念中度过一生，临终前还细声叫唤着丈夫的名字。两岸分离，硬生生酿成了多少人间悲情！因此，去年两岸实现"大三通"时，我连夜写出了《笑靥蝴蝶兰》的文章，那是有感而发，打心底冲腾而出的欢呼！

途中，我们领略了台湾空姐热情周到的服务。约莫过了一个多小时，我们从机舱鱼贯而出向松山机场出口处走去，步履轻快，心情特别的放松。耳边是一听就懂的普通语，眼前是熟悉的中文指示牌、黑头发、黄皮肤，所有的所有都非常亲切，与置身家乡无异。

在后来的考察时间里，或台北或台中或新竹或宜兰或南投或花莲，地方有变，对象不同，而这种感觉持续至终。"本是同根生，相煎何太急。不要'打仗'，而要'打点'"，即在经济建设方面多做些对海峡两岸人民有益的事——这是我们所到之处的普遍心声。

是啊，两岸本是一家人。"半屏山，半屏山，一半在东边，一半在西边，阿妈头上插的花，开在两边的山坡上。"去台湾的路并不远，有了心的呼唤和热络的往来，这条路就更近了。

浅读太平洋

脚下是中国的土地，眼前是浩瀚的太平洋。感觉真好！

多少年来，我熟悉的是渤海、黄海、东海、南海，自北往南环绕而下，未然想过太平洋和我们是这么的亲近。我曾登上当时守卫海峡西岸家园的一个"红旗女子民兵连"的哨所，向飒爽英姿致敬，但毫不体味哨所外的海风与太平洋有何牵扯，没有那种意识。我笑自己白学了小时候的地理课。

自台北沿东边海岸去太鲁阁峡谷风景区，走近宜兰，太平洋就没商量地扑进眼帘，心境豁然开阔如洋。小车几度进出于隧道，其中一条目前亚洲最长的隧道，"70码"车速开了十几分钟。据说这山路修了五年多，一锤一钎，"得寸进尺"，耗尽了"老兵"们的心血。台湾人把这笔功劳记在了蒋经国头上。同行中有人戏言，古往今来，那些所谓的大人物，到头来只做了一件事：把自己变成了旅游资源！这是一条开发台湾东部之路，中国贴近太平洋的一条大路。沿途不见炮楼碉堡，仿佛在告诉人们，太平洋上的炮声早被时间隧道所摄纳，长期以来"东线无战事"。郑成功若泉下有知，定会为之尽展欢颜！

曾经有过的年代，都说"太平洋永远不太平"，深信不疑，实际上不全是那样的。此时洋面上并无喧嚣巨浪，惟见一碧无际，日照下波光潋滟，这点倒有些像是西湖了。海水与岸滩相接处，也是很温柔的那种吻。然而试想，倘若遇上骤雨狂风，天昏地暗，恶浪连山，那种情景一定是很惊心动魄的。对，我们适逢好时光！珍惜地检阅着眼前的所有美丽，远的、近的，水的、山的，动的、静的，心中充满馨香与祷祝。我真想写一首歌词，邀谷建芬作曲，请向着全世界高歌"我和你心连心"的那个刘欢演唱。

通往五洲的太平洋，这是中华民族恢弘壮阔的一个大舞台。这舞台，胜过了"水立方"的无数个立方啊！

眼前是浩瀚的太平洋，脚下是中国的土地。感觉，从未有过的好！

品味台湾地理中心

一见如故地参观了南投县埔里镇颇具规模的"绍兴酒厂"后，司机说，台湾的地理中心就在这附近，时间还早，有兴趣就去看看。

如果不是司机指点，这个地方真的容易忽略，好比许多人不知道上海的地理中心，其实它就在国际饭店的底楼大厅里，那块不大的地标上，分明表示此处乃是上海的中心点，计算四面八方与上海之间的地理距离，应该从这里出发。

离开酒厂，驱车无多时就来到了一个十字路口，记不得路名了，但见路旁矗立着一块巨石，赫然勒着"台湾地理中心"字样。我们兴高采烈地跟它合了影，随后便向标志石背后的虎头山走去。过了一个广场，至山麓，拾级而上，就是一座大理石碑，上方"山清水秀"四个大字，本身就很清秀，据说为蒋经国先生手迹。另有一碑文，署名"南投县县长杨昭璧"，书家为"江苏宜兴邵载明"，猜想邵氏写明自己"出处"，寄托的是悠悠乡思。碑文皆为繁体汉字，且无标点，同伴中有几人暗地里轻叹，辨认难，断句亦难。经台湾友人领读，抑扬顿挫中，方知这个中心测绘于清道光年间。原来，这中心出于历史之手。

　　台湾地理中心，海拔555米，在东经120度北纬23度的交汇点上。中心的价值在于"中心"，同时也在于它所拥有的景色。这里东通秀孤鸾，南连阿里山，为南北东西之枢纽，并以它计算台湾与外界包括大陆的宏观地理距离；这里峰环峦峙，阡陌相连，杂花生树，蛱蝶繁滋，四季如春。倘若与其擦肩而过，将引为憾事。退下山来，我们每人在路边摊位买了一杯新鲜甘蔗汁，清凉，甘甜，我喝出了家乡味。

　　心里想，中心不就是"原点"吗？人生有原点，台湾亦然。这原点，从我们在台湾随处都可以感受到的那种亲昵氛围中，不难体会到它与大陆密切相连。有人喜欢说距离产生美，那不过是一种由视觉导入的欣赏认知。我却要说，没有距离的美才是实在的、相融的和谐之美。因此，但愿海峡两岸心与心之间越来越贴近。

日月潭上的老船长

和平赐予我们的收获，仍在心头上演喜悦。从台湾考察回来已有些时日了，建勇和全翔还不忘日月潭岸上我们投宿的酒店，建议寄赠几个字聊表谢忱。志强眉头一皱便出来了一副对联——岛外天地宽，潭中日月长。真不愧为同道中善于即兴的"饱学夫子"！

其实，留下深刻印象的不仅是给人温馨的酒店，不仅是秀美的日月潭，还有那位老船长。

凭一次邂逅，对老船长的了解自然是有限的，但是他的脸和言谈举止告诉我，这有限的背后有着沧桑岁月与精神世界的无限。

他的脸日色丰沛，皮肤质感偏厚，疑似赶海人，而实际上不是。看了他名片上印着的"电信退休员工"字样，幡然明白他来日月潭开游船属于"发余热"——他却不是这么表述的："为了生计。再说啦，生命的意义在于'挑担'，还能挑，就不想多闲着。"说得实在，见心。

老船长的祖籍在福建泉州。台湾当局实行"解禁"后，特别是大陆改革开放以来，他几度跨海走访，但是由于两岸长期隔绝，摸不着具体的"乡根"，拜祖的事至今未能如愿。触兹念兹，我发现他眼神深处藏着淡淡的忧伤。

　　然而，老船长乡音未改，而且还是比较重的，重得只有我这个福建老乡听得懂。尽管多数人听不懂，尽管一艘能搭载 50 人的游船上仅有我们几个人，他还是专业地逐一介绍景点，不因人少而怠慢，不因时晚而省略，那是一种令人感动的认真。

　　我们抵达日月潭景区已是傍晚时分。虽不见潋滟湖光，但在不受污染的一潭清水里，仍然可以看到青山弄倩影，白云镜中生。

　　大概是因为走过看过反反复复想过吧，老船长对大陆颇为了解。彼此之间熟悉了，不再拘束，游船停泊潭心小岛时，他自贾其勇让我们考考他，于是我们轮流提问，当然是轻松随意的——

　　"老船长，你能不能说说日月潭跟杭州西湖都有哪些不同。"他略作思索，说："一是形状不同。西湖为椭圆形；日月潭以湖心的光华岛为形状界点，北为日潭，南为月潭，整体轮廓近似日月。二是周围环境不同。西湖三面环山，一面濒市，湖边没有水电站；日月潭四面群山环抱，下游建有发电站。三是大小和深度不同。西湖的面积只有 6 平方公里左右，最深处不足 4 米；日月潭的面积达到 7.7 平方公里，最深处 27 米。"

　　"你知道中国有多少个民族？""按照流行的说法是 56 个民族，我看不止，"老船长用肯定的语气说，"居住在日月潭东南面山上的'邵族'，人们容易把这里的'邵'当成一个普通的姓氏……"

　　末了的题目是："你能够读懂简化的汉字吗？"老船

长伸了一下舌头,坦言:"读起来相当吃力。你们知道吗?台湾的公司想到大陆做生意,对派出员工都必须进行培训,让他们先学会使用简化字……果农们都有个体会,枝叶要修剪,而根则不必去动,保留原根。汉字也是一条'根'呀!"

老船长脸露几分愧疚:"终于被你们考倒了,见笑,见笑。"我连忙说:"不不不,老乡,你的答卷非常出色,佩服还来不及呢。"

他抬头看了看天色,郑重其事说道:"还有一个地方——玄奘寺,你们应该去瞻仰一下。"大家都说好,玄奘历尽千辛万苦赴西天取经,我们怎么能错过这个机会呢?游船在船长手里转弯掉头,朝湖畔玄奘寺所在地疾驶而去,不一会就靠了岸。我们沿着山坡拾级而上来到寺前,不约而同地把满心虔诚躬为90度……原来,抗日战争期间,日本人从南京天禧寺劫走了部分玄奘遗骨,战后通过世界佛教协会与日方交涉,才于1966年从日本取回,恭存于现在的玄奘寺内。

天渐暗。在返回游船码头途中,有一阵幽香袭来。老船长蹚进路旁,采来了几朵状若小球、并不张扬的花,逐朵轻轻地捏了捏,边分发给我们边说:"这花叫含笑,瑞香瑞气,种在庙宇附近正合适,你们收下就带上了吉祥如意!"

含笑,多好的含笑,相见恨晚啊!我仔细地把它放进衬衣口袋中。此时此刻,放眼浩淼的日月潭周遭,远近高低各处,码头、旅舍,有灯的地方都亮起来了。灯光彩影中,日月潭在笑,老船长也在笑。

台湾无处不槟榔

　　槟榔树的模样俏，净净无叉枝，亭亭身修长，头戴羽叶冠，干如密节竹。一排，是诱人的风景；成片，是组合的音符。

　　有一首歌中唱道："高高的树上结槟榔，谁先爬上谁先尝……"唱出行云流水，令人遐想。

　　自东而西自南而北，山坡上，道路旁，乡村，城郭，台湾无处不槟榔。友人相告，槟榔四季结果，夏日为多。

　　我沐春光从大陆而来，但见，李子一般大小的果实，或在树上，或已经涌进了铺中。

　　星罗棋布是对城中槟榔小店发达的形容。被星罗棋布的还有"槟榔女郎"，这是因为销售窗口几乎清一色都是女子。店面通透，衣着开放——这不会是曾经引起台湾警方关注，将其列为整改对象的原因吧？

　　初来乍到，那天无意间瞥见司机牙齿发红，随口提醒他牙龈出血，不料却被告知那是槟榔色。才知道，台湾司机普遍爱槟榔，有人甚至爱到了不离不弃的地步，从早吃到晚，一如口香糖。原来，槟榔可以提神，消除开车疲劳。又知道，民间像样的宴席上，多有槟榔出场，槟榔可以驱绦虫，助消化。还知道，中部南投县日月潭一带的出品最好。

205

　　台中之夜，难却台湾朋友盛情，接过一颗试尝，连忙背过身去"一吐为快"。同伴中，有的说吃了有点头晕，有的说吃了心跳加速，当然也有吃下去、吃完的，算得上一种贵在坚持。于今想槟榔，还说不清那是什么奇异滋味。

　　大凡世间事，习惯成自然，自然则趋之、亲之，亲之则同之。槟榔是天赐另类，是一本书！

笑靥蝴蝶兰

几位"落户"上海的台湾朋友邀请我，12 月 15 日上午一起收视海峡两岸"三通"仪式。他们从商，个个事业有成。

"曾兄，快看快看！蝴蝶兰也在笑。"说话的是林先生。他如此敏锐地捕捉到喷绘于飞机身上的蝴蝶兰，急急地呼我看，当是下意识使然。我俩点头示意，并会心一笑。

那是台湾停机坪上的一架飞机，屏幕上露面的时间不长，但我真切地看到了它身上的蝴蝶兰。是啊，两岸实现"三通"，人欢花亦笑。

"60 年啦，盼得花也谢了。"召集大家收看电视的陈先生伤感地说，"1980 年外婆发病，母亲带上我取道香港回山西探望，我们在老屋跟前只逗留了几分钟，就直接赶赴县城医院。老人家病情急转直下，在我们来之前一小时就撒手走了。母亲拎在手上的一盆蝴蝶兰打翻在地，当场晕了过去。"说到这里，陈先生哽咽，失语。

陈太太连忙上前劝慰："阿清，别这样，今天要开心嘛。一通百通，什么都会好的。现在截弯取直省去了一千多公里，上海飞台湾只要 80 分钟，随时都可以回去看妈妈。"她用有点夹生的上海话接着说："几代啊过去了，如果再闭岛自守，那不要太戆哦！"

"我的老家福州离台湾只有一百七十多海里，直接过去多方便，"林先生颇感慨，"以前船只却要绕道日本，时间拖长，效益也出不来，还让人家赚了钱去。""问题不仅仅在于钱，还让洋人看笑话了。"陈先生恢复平静，插话道，"两岸一条根，孔子是共奉的，汉字是共有的。拦着家门口的路不让走，给老祖宗丢了脸！"

说得在理呀，两岸同根同源、血脉交融是任何人也否认不了的。阿里山、日月潭可以作证，台湾历史上所有的屈辱和光荣，都归属于两岸人民。有人欲弃根而搞"去中国化"，结果是"去"了自己。

畅叙间，飞机启航了，巨轮起锚了，邮件随机送出了……

"双向三通是大面积双赢的前奏，大势已定。我们说些轻松的吧。"林先生呷了一口主人沏的台湾高山茶，转过身来问我，"那几棵蝴蝶兰还好吗？"

"眼下花事正旺，还有待放花苞，模样可精神哩，比喷绘在机身上的好看。"今年夏天，林先生送我蝴蝶兰，说是直接从太平洋上属于中国台湾的一座小岛——兰屿那里获取的，一路过来非常折腾，还教我养护要点，我能不好好养护吗？

感受台湾朋友对海峡两岸大三通所表露的喜悦，我想，时间能够淡去该淡去的一切，心理距离可以逐渐消除。民族大义重于泰山，炎黄子孙有足够的智慧处理好自己的事。

此刻，家中阳台上的蝴蝶兰兴许也在笑。等我去台湾的时候，一定向你碧波中的故乡带上你的问候。

琳琅盘中蟹

　　没有脊骨的生物好像都长了硬壳。然而，蟹的壳再坚硬，行动再蛮横，也免不了成为盘中餐。

　　谁让它那么奇形，又那么鲜美呢？

　　"人间第一美味"，常听人们倾情说蟹。也有不吃蟹的，但毕竟少数。那可能是由于其性偏寒，不适合自身体质而已。也许还有个口味不习惯的问题。有道是"适口者珍"，这是人类锁定食物滋味的个体法则。反正，我对"第一美味"的界定是认同的。

　　前些时候赴蓉办事，有位当地作协文友告诉我，在苏沪接壤处一个度假村吃过一顿蟹宴，那真是 OK！喜形于色。咳，这家伙竟不支一声吃到我"家门口"来了！暗地里怪他不够意思，为什么不叫上我呢？

　　作为温柔报复，我考考他早前民间为什么把蟹脐称作"董卓脐"，他眨巴着单眼皮，狡黠一笑说，这反映了对横行者的情绪——董卓是东汉凉州之豪强，废少帝立献帝，专断朝政，如蟹之横行，后为王允、吕布所灭。公蟹脐像董卓的脸，人吃蟹，他吃刀枪。脐是软档……捷答如流。这位自诩的美食家肚子里算是有点蟹知！

　　返沪探明，原来那个度假村就在上海青浦境内，靠湖，

209

是工商银行开辟的一片休闲地。

那里正在上演"红楼蟹宴"。亲尝下来，蓉友所言并非子虚。那真叫："螯封嫩玉双双满，壳凸红脂块块香。"那是蟹黄特有的一种醇香，蟹肉则淡淡的清甜。另有可圈点之处，度假村与"大观园"相去不远，风景秀丽，可谓佳肴、氛围、情调三宜人。当今市中心饭店酒肆林林总总，不乏佳肴，缺少的往往就是好的环境。

席间，趁酒兴友伴们谈锋四出。有的说，曹雪芹实乃写蟹宴高手，《红楼梦》第三十八回把蟹宴写活写绝了，左右逢源的贾母、安排杯箸的凤姐、俯在宝钗旁边说笑的宝玉、只吃了"一点黄子"的黛玉、扇炉煮茶的众丫鬟，所有上场的人无不惟妙惟肖，又写了吃蟹注意要点，还写了12首各具个性的吟菊诗；有的说，历来墨客骚人总把蟹和菊花撮合在一起，曹公也是，现在我们吃的蟹亦取名"赏菊"，明摆着这与时令相切，大概还有"持螯举吉"之意；有的说，刘姥姥和周瑞家给这顿菊蟹宴算了一笔账，花去的银子"够我们庄稼人一年的了"。收支比下来，现在蟹价似乎还不算贵得太离谱。看来，一部好的文学作品其影响力是恒久的。

说到蟹，实际上太湖、巢湖、洞庭湖、鄱阳湖、溱湖、微山湖等诸多湖泊出产的都很不错。我的家乡也出蟹，微冷秋夜村人在溪中安放簖子，点上气灯诱而捉之。当地叫"满蟹"，一个"满"字道出了它的不俗"内涵"。盛名之蟹不一定都好，未名之蟹未必就不好，吃蟹人大可不必沉在一个湖里。而提及吟蟹诗，除了闪烁于《红楼梦》里的，其实佳作还有许多。唐时明月，就映照过不少为蟹捻须的诗人。在他们的吟蟹诗中，被我记牢的一句窃以为特别出彩，它是这么遣词构句的——"充盘煮熟堆琳琅"。熟蟹堆起了满盘琳琅，秀色可餐。这"琳琅"二字，用得多别致呀！

眼前"龙宫"宴席的熟蟹亦尽绽琳琅。同桌说，养出此蟹的陈老板惨淡经营了二十多个春秋，在太仓长江边有其蟹苗基地，在阳澄湖、太湖都选择了理想的成蟹生态养殖水域。你要他说说养蟹经，只有廖然两言：好水才能养出好蟹，守正道才能为市场提供好蟹。我品味着美蟹，同时品味着桌上传递的养蟹心得。

并不遥远的新疆

当时去新疆，也是这样的夏热季节。说巧和不巧都可以，去的时候光顾上海的台风尚未完全告退，风不断雨时续雷声隆隆，给飞机起飞带来了麻烦，延误了航班时间；想返回的时候上海又在刮台风，结果预订的航班被取消，只好把行李拉回乌鲁木齐宾馆，再逗留一天。两个台风之间相隔只有八九天。

尽管如此，高兴的心怀并没有受到影响，因为我们一行采风的过程非常顺利，靠小飞机"驳运"，行程计划内的地方都去了，所到之处莫不是置身于诚挚热情的氛围中。

重新安顿好住宿房间之后，闲着也白耗，我决定上街走走。两个目的：一是寻访"八楼的二路汽车"。当时，刀郎的《2002年的第一场雪》这首以乌鲁木齐为三维背景的歌正风靡全国，曾经有人问我：二路汽车怎么会开到八楼去呢？我说，人家是这么唱的——"停靠在八楼的二路汽车"，揣测"八楼"是个地名。翔实情况怎样，这回正好探个究竟。我撑着雨伞一路寻觅而去，途中得到一位维吾尔族姑娘的帮助，她带着我拐过了两个街角，走了不少于百米，才收住脚步指着左前方对我说，那就是八楼汽车站。望着前方我愣了一会，转过身来正想谢她，发现姑娘已经离去，留给我一个雨中的背影。来的路上姑娘告诉我，当年八楼是乌鲁木齐市的最高建筑，现在只能算"矮个"了。是呀，旧貌换新颜，映入眼帘的是四周林立的高楼，那时"最高"的概念早已成了历史深处的记忆。我轻轻地触摸着八楼二路汽车站的站牌，恰巧有刀郎声情并茂的歌吟从不远处放飞而来，心中倏地涌起几分亲切。后来有新疆友人相告，刀郎原名罗林，祖籍四川，现为"刀郎人"的形象代言人。他对乌鲁木齐有着"难舍的情结"，遂把歌中人喻为"飞来飞去的蝴蝶"……尽管阴雪飘寒，他唱得很阳光。我想，也许具体的人事经过千流百转可能失真，但无论是告诉我的人还是告诉别人的我，都对刀郎怀着好意，而且喜欢他的歌，特别是唱新疆的歌。

上街的第二个目的是，买一个好点的生肖玉挂件。那是一爿专营玉器的私人店铺。我说明了来意，并报了自己所属生肖。店主拉开柜台玻璃门，遍找无着后抬起头歉意地说卖光了。这时，他妻子看了看我和他，对他努努嘴，说："达斌，这位大哥来一次新疆不容易，而且诚心要买，你就把自己挂的一只让了吧，好不好？"达斌稍有迟疑，笑了笑说："好，听娘子的。"边说边解下脖子上的生肖挂件递给我。接过手，便知这是一块极为润泽的上等玉！交谈得知，男主人是汉族人，属相刚好比我小"一圈"，女主人是哈萨克族人，与达斌同学同龄，自由结对，相敬如宾，都是当地土生土长的。我志忐于夺人所爱，而且又是低价出让，想加付一些钱，夫妻俩无论如何不肯接受。"交个朋友嘛，"达斌的妻子说，"我们找块好玉比你容易。"

得玉识人当认缘，乐与友谊共始终。往后的岁月里我们成了好朋友，经常互致电话。前两天他们电话里告诉我，明年争取来上海看世博会，我说你们一定要来，参观的票子我会预先购好的……

时移心得在。难忘新疆，记忆中有碧玉般的天池，犹如童话世界的火焰山，还有柏孜克里克千佛洞南北朝遗存壁画上用汉文、回鹘文双题的榜书，唐代诗人岑参描写丝绸之路上的烽燧的诗句："寒驿远如点，边烽互相望"；亲切新疆，记忆中有老乡林则徐手植的柳树，第二故乡上海当年十万知青栽培的白杨林，还有撒出一把音符漫遍九州的刀郎，将自己心爱的生肖玉坠让出来的那对恩爱夫妻。

把行李从机场拉回宾馆的那天，上海在下雨，乌鲁木齐也在下雨，莫名冒出一种同在一个"雨区"的意念，觉得两地距离并不遥远。

历雪的另一个刀郎

给我拨打手机的人，首先听到的是悦耳的彩铃——刀郎的金嗓："2002年的第一场雪，比以往时候来得更晚些，停靠在八楼的二路汽车，带走了最后一片飘落的黄叶；2002年的第一场雪，是留在乌鲁木齐难舍的情结……"尽管"双向收费"至今还借手机的躯壳顽强地活着，欣赏美妙要付出代价，但不曾有人叫过屈。音乐真是个好东西！

这回随"上海作家和旅行家考察团"赴疆，在乌鲁木齐逗留时，我顺便去踏访了刀郎歌吟中的"八楼"，还在二路汽车的站牌下拍了照。原来，这"八楼"是以附近的一幢八层楼建筑命名的公交车站。多年之前，此楼乃当地"至高无上"的标志性建筑，而今，这里遍地高楼接天，汇聚了万千气象，新疆的发展与进步由此可见一斑。

在阿克苏地区阿瓦提县考察时，我们意外撞着了另一个"刀郎"，能歌善舞的刀郎人。他们的"根"，伸触到历史的风雪深处——

公元十三世纪，勃兴的蒙古人建立了蒙古帝国。天山以南及中亚广大地区是成吉思汗次子察合尔的封地。察合尔去世后，其封地分裂为许多小王国，长期相互征战。人们饱经战乱之苦，纷然出逃，有的被封建农奴主掠为奴隶，刀郎人就产生于这一批批难民和奴隶。初时的刀郎人由蒙

215

古杜格拉特部与维吾尔人融合而成，后来已不再限于某个民族，成为各族反抗封建贵族统治的下层人的联盟。"刀郎"一词，即"集中""成堆汇聚"之意。

刀郎人不堪忍受奴役，遁入大漠腹地的胡杨林，过起迁徙流浪的生活。在远离人世的环境中，他们或狩猎游牧，或从事落后的农耕，靠坎土墁和包谷馕唤醒了沉睡的荒漠，并逐渐形成独特的习俗、语言和文化。他们想唱就唱，随心所欲，让孤苦、寂寞一吐为快。直到二十世纪，刀郎人才停止流浪，建立了一个个名曰"刀郎"的村庄和乡镇。

现在，刀郎人把舒坦写上了额头！刀郎文化已然成为维吾尔文化中独树一帜的分支。

去阿瓦提县的当晚，就领略了刀郎歌舞的魅力。我是舞盲，曾经赶鸭子似的下过两次舞池，差点踩肿了对方的脚，所得评语是"像搂着一段老树根"，说不准刀郎舞的要端和妙处，因此只得弃舞而谈歌。

"哎！岂那……"随着一声惊天动地的呐喊，刀郎艺人边奏响手鼓、热瓦甫、卡龙琴等乐器，边纵情歌唱。歌声或激越或舒缓，犹见胜猎喜悦，似闻思亲愁苦，苍凉的呼唤带着几分沙哑，其穿透力直抵人的心灵。艺人中有几位年逾八旬的"老顽童"，气吐虹霓，声如洪钟，猛男风采尚存。当地一汉族友人见我满脸惊诧，咬上我的耳朵："八十几岁的刀郎男人，有的还会种养小孩呢。"我一愣，竟分不清到底是实话还是浮语。脑子里这么想，以得补失乃谓天心公平，刀郎人特别顽强的生命力，追寻历史，当是戈壁、大漠的无数场风雪赐予的。

　　席地而就的矮桌上瓜果飘香。陪同我们的当地宣传部长递给我一块哈密瓜，问我，你觉得刀郎的《2002年的第一场雪》怎么样，未等我开口，她自作答："感情真挚，委婉而缠绵，极具个性，宣示了年轻人对爱情的向往和追求，这与刀郎巴亚宛民歌有着相通之处。当年刀郎人浪迹于茫茫戈壁，便唱道，'走出荒凉的戈壁，流水是否能够看见？离开了心爱的情人，会不会就疯疯癫癫？'待到深秋，胡杨的叶子一片金黄，他们也收获了一份好心情，遂改唱道，'金色的黄叶像满月，让你满面发光。离别时心中的惆怅，已变成温情填满胸膛。'历来的情歌，无疑是人类的心弦之音。"……

　　人们踏进刀郎村落，目击深深浅浅地钤着刀郎印记的历史遗迹、民间习俗和自然风光，会不由自主地联想起阿克苏一带形态特异的山峦来，虽然没有寸草装饰，却美得醉人。我们一行中有人为此而惊呼："这才是脱离了低级趣味的山、纯粹的山！"刀郎村落，同样给人一种大纯大真的美感。

　　随"第一场雪"播名的四川人刀郎，原名罗林，他的妻子一直在乌鲁木齐，猜想，那八楼有着他们回不尽的味；刀郎人为刀郎的"第一场雪"所打动，向他颁发了大红聘书，请他担任阿瓦提县的文化大使。刀郎欣然衔命："冬不拉是要人去拨拉的，民族团结和发展的事要大家来支一把。"话不在多，透彻为上！

　　今人不识古时雪，西域驼铃响至今。相得益彰的两个刀郎，融入并参与创造新的文明。

嫘祖

伟大的中华民族，创造了灿烂的东方文明。对此，在北京奥运开幕式上已经有了绚丽多彩的艺术表达。这里想再拿嫘祖说个事，个中情景自然是"润入土膏春脉脉"，"殷勤造化滴梦中"。

大约在五千年之前，以黄帝为首的中原地区部落联盟，已经基本上从游牧漂流生活转为农耕定居生活。在改进蔽体物这一需求欲望的推动下，人们萌发了人工制造蔽体物原料的念头。

嫘祖，传说中黄帝的妻子，今河南人。她的最大功劳就在于发明了养蚕缫丝。此前，蚕只有野生的，没有家养的，人们不知道蚕身潜在的作用。有一天，嫘祖发现浸在热水里的蚕茧可以抽出丝来，随着时间的延续，经验的积累，原始织造术从构想到应用，终于织出了丝帛，全部落为之欢天喜地。在黄帝的参与下，人们开始用丝帛制作衣裳。嫘祖教妇女养蚕、缫丝、织帛，成为中华民族传说中的远古佳话。

传说毕竟是传说，人类文明史是广大劳动人民共同创造的，养蚕缫丝的事应该也不例外。然而，生生不息，口口相传，何妨将嫘祖视为一位这方面的杰出带头人。

五十六朵民族花

长江滚滚东流去，黄河自古天上来。母亲河孕育了华夏文明。上下五千年，灿烂天地间。

幅员辽阔，山重水复，阻隔而自成体系；历史悠久，生生不息，渐进而独具风采——就这样形成了多民族，自然而顺理成章。

然而，毕竟同拥母亲河，毕竟同天共地，毕竟以相融为依归，毕竟联合成了大中华。五十六个民族协力创造，并共享文明成果。五十六个民族犹如五十六朵花，以个性姿容点缀着神州大花园。

人丁有多寡，民族无贵贱。五十六个民族皆为"天生我材"。从古至今，各民族英才群星璀璨，智慧结出累累硕果。浩如烟海的中国历史文化典籍，是整个中华民族的财富；曾经领先于世界的中国古代"四大发明"，是整个中华民族的骄傲；世界公认的十大历史文化名人之一孔子，是整个中华民族的尊荣。通往拉萨的大动脉"天路"唤醒雪域冻土，放飞理想的神舟飞船笑傲太空……

在我们这个多民族的大家庭里，谁也离不开谁。一荣俱荣，一损俱损。"历览弱邦多厄运，固我疆域恃自强。"进一步实现民族平等、民族团结和各民族的共同繁荣，建设有中国特色的社会主义，是全国各族人民的共同愿望。

泰山、昆仑，巍峨着中华大地文明；长江、黄河，浩荡着炎黄子孙激情。2010 年的上海世博会，将是世界文明的盛会，也将一展中国五十六朵民族花的风采。

感时而赋《新疆吟》一首：铺路丝绸今日宽，成山火焰忆玄奘。天池明眸阅世事，是非公论驱邪狂。

在陶都做客

看到仪仗般的陶瓷路灯杆，"领队"戴佐民告诉我，陶都宜兴到了。车子继续前行约半小时，即抵目的地宜兴紫砂陶器的主要产地丁蜀镇。

佐民出身于紫砂陶艺世家。祖父戴国宝一百多年前开办于城隍庙九狮亭畔的"铁画轩"紫砂店，如今尚"健在"，且声名愈播愈远。父亲戴相明继承父业，倾力弘扬紫砂文化二十余载，以致积劳成疾无悔而终。国外多家著名博物馆，都收藏着"铁画轩"的紫砂作品。当年戴家在宜兴设有紫砂制作厂，与当地不少陶艺高人结下不解之缘。佐民从小随父进出陶都，至今过从甚密。这回儿子显阳被复旦大学录取，佐民决定携妻挈子重游故地，也让一直关心他们的宜兴"亲眷"们分享喜悦。于是，我得幸应邀同往。

当晚，东道主在一家宾馆里为我们接风。菜肴与沪上酒家没有多大差别。女主人曹婉芬早有安排：明日上她家吃饭。我们自然高兴，一来可以品尝正宗的宜兴风味菜，二来可以欣赏她家的紫砂作品。佐民悉之两眼放光，那一定是想起了主人家里的特色佳肴。

主人寓所取名"苑林阁"。楼高三层，居住总面积七百余平方米，颇有气派。进得大门，迎面是两块太湖石，蛊立水中。水池里面玲珑金鱼游动,房屋四周葱茏花木争奇。雅韵浓浓,秀色可餐。

"苑林阁"是个钟情陶艺的大家庭。曹婉芬、范岳林老夫妇俩一个单元;儿子、儿媳一个单元;女儿、女婿一个单元。和谐的三合一,美满的一家人。为了招待客人,他们心往一处想,劲往一处使,忙得不亦乐乎!女儿、儿媳,还有老范的妹妹一齐上阵,每人都露了一手。

紧张有序成果迭出,菜一只接一只端上桌来。全是绿色食品:菊花菜、南瓜藤、豆腐白虾笃笋、白米虾、野生鳜鱼、白虾烧茄子、黑椒烧鳝丝、小鲚鱼、白萝卜、糯毛豆……观色闻香品味,让人食欲大增。老范的儿子和女婿道出了一个烹饪上的诀窍:炒绿叶菜的时候,放一些白米虾,炒出来的菜特别鲜绿;有些不易煮熟的食物,加进少许白米虾,熟起来就快,而且特别入味。从事餐饮业多年的戴佐明连连点头称是,自惭有所不知。宾主叙旧情、聊家常、贺后生金榜题名、说陶都新鲜事儿,竟不知酒过几巡。老范递我一支"金南京",说:"你觉得这里的菜配胃口,今后就和佐明一起多来来,苑林阁就是你的家。"话语真诚,沁得我满心暖彻。温馨、难忘!

更难忘、更有收获的是参观家庭紫砂陶艺陈列室。曹婉芬是位高级工艺美术师,她的作品在重大评比活动中多次抱奖,有的被中南海紫光阁选中,有的被中国工艺美术馆和香港茶具文物馆珍藏。儿子范建军、女婿陆君都是现在陶都的后起之秀。女儿、儿媳亦出手不凡。陈列室约五十平方米,陈放着三百余件紫砂精品。其中曹婉芬的"怒放壶"，造型优美，线条流畅，充溢着怡情怒放的活力，既注入西方抽象艺术之魂，又不失东方工艺之美，教人驻足细赏不忍离去。范建军的绝技紫砂文字细刻，在一把80毫升小壶的局部，能刻上《兰亭序》全文，刀功细腻，刻迹精准，笔势开张，点画飞动，让人叹为观止。边欣赏边请教，我知道了筋纹、光素、方器三种壶的不同特点，知道了"拍打和镶接相结合"乃手工制壶之技巧，对"供春"也不再感到陌生，更知道了宜兴紫砂泥的份量。主人告诉我，这里家家户户都做紫砂陶器，小学生也能说出一些陶艺的道理。现在大家考虑的问题是，怎样珍惜有限资源，保证可持续发展。真可谓一方水土养育一方人，当今之人想着后代人。

"苑林阁"记录着主人的人品和艺品，不啻良师指迷津。他们追求陶艺如痴如醉，待人真诚一见如故，深深地打动了我的心。"人生的价值在于把水注入别人的壶中，不能只等着别人给你加水。"这是戴君返沪途中教导孩子的话。我由衷认同。

太湖边上十八弯

从无锡去宜兴，取道太湖边上的十八弯。同车有位少年一个弯一个弯地数过去，最终还是弄不清究竟有多少弯。

少年的父亲对他说，十八弯可能只是说这条路上弯道多，并非确定数，好比人们常说九重天，但谁也弄不清到什么高度为一重，天到底有几重。少年将父亲的话当作圣旨，频频点头。我却觉得这样类比缺少有力的联系，由地而天，扯远了。

其实，世间有些事大可不必那么顶真，非要打破砂锅璺到底不可，否则，被你打破的恐怕不是"砂锅"，而是一种美。就像"九溪十八涧"那样，太湖十八弯，多好的名字啊！

我是不会刻意去数"弯"的，其中有什么故事也并不重要，且把十八弯当作一个真实的地名。

十八弯傍山依水。弯道虽多，但坡度都不大，路也好，车子驶得平稳。如果把它"拉"直了，陡增了刚性，直得像沪宁高速公路，那么与温柔的太湖就格格不入，不再和谐了。想起上庐山的路，其妙不就在"跃上葱茏四百旋"吗？

十八弯给人留下深刻印象的是那里的桃子和卖桃的人。一路上几乎每个弯里，都有当地农人设摊卖桃。见车子开来，他们不约而同地把手挥成一面面旗子，那脸也笑得灿烂，犹如摊上可人的水蜜桃。但是我发现，他们少有言语，不像城市许多商店里的售货员，一个劲地叫卖，把自己手里的商品吹得花好稻好，甚至缠住顾客不放。莫非是深谙"桃李无言，下自成蹊"的道理？这是一种很好的心态，与急功近利大相径庭。

挡不住诱惑，我们停车问桃。选中一个摊位，挑了二十多只，装筐，过秤，付了20元钱。大家都觉得便宜。嘴馋的等不得上车就吃了起来，一只不过瘾，连来两只。摊主笑曰：两只下肚，可以不吃晚饭了。

这桃子名不虚传，水红、水灵的，还有一种特殊的桃香。我吃过山东肥城、德州的桃子和上海南汇的桃子，和这里的桃子不一样，真的不一样。我从南方果乡走来，知道果农靠果吃饭，所以无意评价它们的优劣。人的口味和兴趣存在差异，有的喜欢硬脆，有的喜欢酥软，各取所需吧。但我却不能不说，论水蜜桃，十八弯的道地，又水又蜜。这无疑是水土决定的，靠人工改变不是容易的事。前两年，上海市场上泰国和越南的龙眼冒充莆田龙眼，上了当才能分清真假，表面是不大看得出来的。不同产地的龙眼品质不同，此亦水土使然。

见物又见人，我不由想起两句古人的话来。一句就是说水土影响于物种的："橘生淮南则为橘，生于淮北则为枳"；另一句是说环境作用于人的："蓬生麻中，不扶而直"。这物这人，是十八弯不经意间展示于世人的。

太湖边上十八弯，尽显自然的曲线美。谈不上旖旎，但不乏素秀。人生谁希望多走弯路，这段路却是值得一走的。当然，此弯不是那弯。

情愿泰山

　　早就知道泰山古称岱山，至于何时改的名却不清楚，前阵子怀着虔诚，17年后二度去了那里，多谢泰安市新闻界朋友垂教，才晓然岱山改称泰山是春秋时的事儿，距今已有两千六七百年。鲁国的编年史《春秋》涵括了这一时期。活了72岁的孔子，有70年时间是在春秋时代度过的，否则，也许就不会有孔子参与修订《春秋》的传说。

　　浩浩神州，泱泱中华，山多得难计其数，能与天上的北斗七星相提并论的唯有泰山。"泰山北斗"，尽染国人尊仰之情。我赞成一位泰国友人的话：作为中国高山的代表，泰山具有地标意义。谁可以"有眼不识泰山"？

　　泰山之所以声名远播，古来如雷贯耳，有人说这与泰山在"五岳"中的特殊地理方位有关，古人视东方为"初春萌动"之圣地；有人说这与历代帝王前来封禅有关，一呼而万众共仰；有人说这与孔夫子登临，且多施予锦心绣口有关；有人则说这与司马迁的警句"重于泰山"有关，其影响深远地教人明白，人生的意义有着孰重孰轻的取舍；有人说……种种说法都不无道理。窃以为，泰山成为山之名家是诸多因素"集大成"的结果，乃苍天的赐予，历史的青睐，文化的积淀，人心的依归。

名山的感召给人以力量。巍峨泰山，从山麓而中天门，经十八盘而极顶南天门，有石阶六千余级，欲徒步登顶着实不是易事。然而每年好几百万的游客中，有不少人是弃缆车而一级一级爬上去的。尽管气喘吁吁，汗流浃背，仍乐此不疲，心甘然而情愿之。

泰山之巅，有着全国唯一一支没有消防车辆的消防队。他们特别能吃苦，特别能战斗。这里平日湿度大，寒暑两季雾气重，隆冬之时最低气温可达零下 28 摄氏度。营房的双层玻璃难挡寒气，室内水缸让冰撑破了肚皮，馒头也冻得开了花。这里没有自来水，官兵们只好从远离驻地的山坡下挑水吃，盆大的泉口，一天只能取出几小桶水。遇上泉水冰封，就只能拿雪化水饮用。但是为捍卫一方平安，他们心甘情愿。

南天门景区是古建筑群和摩崖石刻的集中地，每处皆无价之宝。历史曾经给人们上过一课：立于公元前 209 年的秦二世诏书泰山石刻，碑上原本有 222 字，清乾隆五年一场大火后仅存 10 个字。损失惨重。守护好这一胜地，"责任重于泰山"！消防官兵牢记对大山的承诺——"有警必出、有险必抢、有灾必救、有难必帮"，不仅确保了泰山重点景区的安全，而且十多年如一日坚持为游客和当地群众张罗好事。

了解这个"全国公安消防部队英模群体"，多亏泰安市的路红记者。路红是青岛小说家老李的知交，朋友的"呼啦圈"一转，她很快就成了我们行列中的一员。投缘投合，大家两天里说的话可以装满几节车厢。啊，谁说山东只有大汉才豪爽？苗条的路红小姐照样豪爽得让我们开心与尊敬。联想人的内在质地与养育场所水土之间的瓜葛，我揣测着她身上的泰山"基因"。路记者陪我们游览了景区，还参观了英模驻地，很累的，然而她说为了远道客人，为了泰山，情愿！

"岱宗夫如何，齐鲁青未了。"泰然之山象征着"自立于世界民族之林"的定力；平安之山寄托着吉祥和谐的国愿。由泰山承载的"世界文化与自然双遗产"是我们永远的骄傲。游客与卫士，所有的情愿，盖出于泰山给予人的一种精气神。山不老，忾续春秋长。

中国的圣诞

我惊叹上海地区有偌大一座园艺场。仔细观赏了园内由美国引进的圣诞花后，原先对圣诞花的似曾相识感变得清晰了：不就是"一品红"吗？闽中许多乡间历来都有种植。

不由浮出一个命题：物由人择。"物乃天设"是客观无疑的，但是还有个人类"后天"的主观选择，即取人之有补己之无，或取人之优黜己之劣，"引进"之谓也，这是不可避免的。就拿荔枝说事吧。据史料记载，闽中莆田的唐植"陈紫"便被美国传教士看中，将苗带回国去，而后推广至巴西、古巴等美洲国家。

文前所述的美国圣诞花，是否也是从中国传去而经过人家再改良的呢？这个问题交给植物学家去探讨。至于圣诞花的名字由何时何人在何地第一个叫响，亦不得而知。人类文明史在不断演进，随时都会有"好事者"冒出来，一番手舞足蹈之后，随心而标新立异。

有一点却是确凿不争的：圣诞节并非西洋专利，中国亦有之。唐开元十七年，即公元 729 年，就有左丞相源乾曜和右丞相张说等人上表，力陈以玄宗 8 月 5 日生日这天为"圣节"，并获得了"制许"。可是，玄宗驾崩之后，此节何曾千秋，在民间得以持续？呜呼！皇帝风流总被风

230

吹雨打去，这"圣节"忘了、弃了也罢。

还有一个纪念孔子的中国圣诞（9月28日），即使不是一以贯之地被弘扬，民族的内敛性格又决定了它不像洋圣诞那么盛大夸张，但它总在历史的树荫下活着，怎么着也弃不了。1927年，香港的"圣诞尤为热闹，文人雅士，则在陶园雅集，即席挥毫，表示国粹。"（见鲁迅《三闲集·述香港恭祝圣诞》）。旗帜鲜明地赞成新文化的鲁迅先生，文中的这段引述当属于客观的纪实。

二十世纪初叶，文言文的形式束缚了人们的思想发展，"阿谀的贵族文学"盛行，于是挟着反封建的呼声，立志改革的先驱者发起了新文化运动，主张建立"新鲜立诚的写实文学"、"明了通俗的社会文学"，这是对的，当予以肯定。中国要进步，必须提倡民主、科学和新文学。"孔家店"被定为打倒对象在所难免。然而，是时孔子毕竟已经作古将近两千四百年，多少有点代人受过的味道。

换个角度想想，谁让他是"古装文化"的代表人物呢？早就"躺"下了还要"打倒"，正说明了其伟大而不可磨灭——这正是他的生日值得纪念的理由。呜呼！从当年的"打倒孔家店"到现今走出国门开办百所"孔子学院"，时代不同了。孔子学说在其身后沉沉浮浮，无不与国情国运相关连。

记得有一阵，我们的大众媒体上禁用"圣诞"字眼，这实在是对中华民族历史的一种疏忽。有些人把圣诞当成了"全进口"的那种东西，贬而拒之。殊不知，中国土地上的圣诞花并非为老外而开！

　　洋圣诞提出伊始，纪念的对象和节期是不统一的，罗马教会的基督教徒用以纪念耶稣生日，异教徒则拿它来纪念太阳神。后来才基本归一为纪念耶稣生日，并把节期放宽为每年的 12 月 24 日到第二年的 1 月 6 日。延续至今，洋圣诞已经成为欧美各国普天同庆的全民节日。圣诞花随处可见。在偶像的选择和节日的认可上，人心表现出了坚强与坚持；在参与保留传统内容的纪念活动中，人心转向了现世与现实。圣诞节被赋予了更多的人文关怀色彩。

　　国门开放，洋圣诞在中国也红火起来了。我想，人类向往祥和喜庆的心是相通的，引"世界大家庭"的欢乐为自己的欢乐，也未尝不可。但有一点我要说，中国圣诞远比洋圣诞实在，纪念的是一个曾经鲜活存在，其思想学说在中国乃至世界文明史上发挥过作用，并将继续作用于现在与未来的"国粹"——圣人孔子。我们不应该忘记中国圣诞。

　　园艺场暖棚里的美国圣诞花，培育起来很讲究工夫。花期的早晚与受光度成反比，若要提早就要"遮光"，推迟则必须"加光"。虽然它的花期不算短，照顾得好保持两三个月不成问题，但整株是又娇又小。而闽中乡间栽植于房前屋后空地上的圣诞花就不一样了，风里生雨里长，高可盈丈，粗壮的茎已然有点木质感，花儿亦鲜亦艳亦美。我将它视为骄傲！

　　这些年，骄傲的圣诞花依旧热烈绽放，以喜气染红灿烂，把国泰民安写于花瓣、举在枝头，国人颂扬孔子，一部《论语》被搬上央视讲坛，孔学流播宇内，黄河闻之，泰山知之，曲阜悉之。"子在川上曰，逝者如斯夫。"中华民族悠悠五千年。我从来不怀疑人口之众占世界可观比例的国人的表现力，在继往开来的旋律下，中国圣诞完全可以做到形神兼备、丰富多彩。

与文学青年E的对话

仿佛就在眼前

　　光阴如驹过隙。1978 年我国恢复高考，至今整整三十年。这三十年，中国发生了翻天覆地的变化，文化与科技一直与其相随相伴，造就了无数肩负创业重任的英才。

　　当年情景仿佛就在眼前。"浩劫"过后枯木望春之际，恢复高考的消息骤然传遍九州大地，沪之郊荡起无边的音涟。人们奔走相告，特别是知识青年，凑钱沽酒痛饮，买鞭炮"大鸣大放"，买不起的则击盆当歌，真是那个乐呀。此前不久，"四人帮"肆虐时期蒙受冤屈的我在全县教师大会上得以平反。我供职中学所在地的有关部门给了我一个任务，对准备参加高考的知识青年辅导语文。

　　上辅导课的大教室里挤满了人，许多人没有座位，只好贴墙而立。室内灯火通明，课堂纪律特别好。怎么辅导呢？针对当时特定情势所造成的"知识空白"，我讲了一些语法修辞的基本知识，重点放在作文指导上，同时将刻印材料分发给前来听课的"饥渴"者。

　　备考的时间不多了。大家寄希望于有的放矢的"快补"，叫我抓一抓作文题目。我说这还用得着"抓"吗？形势明摆着，恢复高考是力挽狂澜的大逆转，作文肯定是"反其道而批之"。拗不过执意要求，我拟了三道题：《读书无用吗？》《驳"知识越多越反动"》《还师道以尊严》。
高考之后，几位考生告诉我，当他们拿到试卷，一看作文
题是《驳"知识越多越反动"》的时候，紧张的心情一下
子去掉了大半。

　　说是大教室，实际上是个会议室，也就是以前一次次
批判我的场所。此时此刻站在讲台上，有一种扬眉吐气之
感。我是学"新闻"的，大学毕业后被"塞"到了沪郊中学，
接受当地"审查"。然而我不识时务，死认真，明明在批
判"智育第一""师道尊严"，我却"顶风作案"，去"追
捕"一个逃课的学生，天正下着雨，结果两人都摔倒在泥
泞的田埂上。事后，狠批我的大字报贴满了整个校园……
如今让我这么一个"臭老九"登台指点考生，是在做梦吗？
不！这是着意春风送来的现实。我怎能不感慨万千？

　　后来我被"落实政策"去了报社。其实，我已经爱上
了事关祖国未来的教师职业。学生受教的过程，是一种吸
取知识、完善人格的过程，常态下老师起着重要的作用，
光荣就在于此。我以为，学生都是可以教育的，即"师心
雕徒"之谓，但关键是社会要理性，要有好的风气。你想，
当初既然"读书无用""知识反动"，学生何以适从，教
师又能改变得了什么。国运影响着芸芸众生的价值取向、
前途命运啊。

　　恢复高考深得民心，是件大事，非理智高人不能为也。
三十年时间谱写了我国科技社会的辉煌，对中华民族无疑
是上上之幸。是的，这个制度还需要进一步完善，但它毕
竟是举国选拔人才最见成效的途径，舍此还有什么更好的

办法呢？对如今的"全民护考"，也不足为奇，于我看来，它倾情地表达了人们的公平诉求。教育部门所应该做的事是平时如何减轻学生的课业负担，掌握好一个平衡点，让学生德智体诸方面都得到应有的发展。

至于高考这道"坎"，是所有考生都要去面对的。前贤有言，"世之奇伟瑰怪非常之观，常在于险远，而人之所罕至焉，故非有志者不能至也……然力不足者，亦不能至也。"统一的严格测试，分出了高下。中选者得一平台不骄不躁努力深造，可望将来成为国家有用之材；落榜者当不气馁，选择适合自己的方向去发展，要坚信成才之路在脚下。

三十年弹指一挥间，挥不去的是色彩斑驳的记忆，看到的是人才辈出、欣欣向荣的好景象。

满城风雨说"八千"

春暖景明，人们畅所欲言。近日，上海出租车内、街头巷尾都在议论一件与出租车司机收入有关的事。听到如下议论：

一，"统算月收入（指被树为"典型"的上海大众出租汽车公司某司机）8000元绝对不可能！除非有人'挑挑'他，弄出个'工人贵族'来。""人家说看过电脑里的账目。""看过账目又能说明什么？如深夜生意不好的时候，打折收费计价器是反映不出的。"

二，"偶尔一两个月8000元有无可能？""算下来，那位同行一天要做1200元，不可能。我们分公司有个司机，从早上5时开到第二天早上5时，一个月只做到6000元，玩命，结果出了大车祸。现在上缴指标高、油价贵、市区道路又不畅，一本正经做生活，每月能有3500元上下的收入就不错啦。完成公司指标加上汽油费，一天做满600元后的收入才是自己的，其中还要除去保养费，说不定还要支付修理费……真难啊！"

三，"这位司机会轧苗头，看到拎脸盆、热水瓶，推行李箱的，就知道是好差事。""那不是决定收入的'恒数'。再说，同时有别的乘客'扬招'，他就可以当作没看见吗？

挑拣生意是违反行规的。"

四，"有人说他服务态度好，所以生意好。""言下之意，收入少是因为工作态度有问题，其实，上海出租车司机服务态度普遍是好的。把他们生活艰难的原因归结于不好好干活或不会干活，有失天理良心。"

五，"为了养家糊口，大多数司机都超时驾驶，就拿这位司机来说，上岗的日子每天开车也不少于十七八个小时吧。""疲劳驾驶不可提倡，那是对司机本人、乘客和路上行人的生命不负责任。"

六，"全市出租车司机整体的收入情况统计得出吗？""相关部门应该是可以做到的。""如果能，不是很好吗？省得大家猜测，莫衷一是。""就是呀……应该进行审计，搞清楚出租车公司的进账是否属于正常，有没有'让利空间'，这个事很重要，因为关系到多种因素给司机造成的损失由谁来'消化'的问题。"

七，"树典型本无可非议，但无论如何要求真务实，要看到绝大多数司机的工作状况和生存质量。炒作是解决不了问题的，反而只会加大对立情绪，加深积怨。""是的，典型要有广泛的群众基础，否则就没有积极意义，宣传得越厉害，越不利于司机队伍的稳定。"

八，"这两天老婆拼命跟我吵，人家做 8000 元，你呢？你的钱哪里去了？她哪里知道，每月 8000 元的收入，对绝大多数司机来说，那简直是'八千里路云和月'……"

众议有无道理，供有关领导细察、明断。有一点我是听进了，那就是始终不能忽视大多数出租车司机的真实情

况、切身利益。笔者愿意和出租车行业的领导一起，邀请
数位人大、政协代表，到基层去召开座谈会，听听他们的
声音。想起一句歌词，"爱的春天不会有天黑"。我们只
有充满爱心，才不会做出让群众不高兴的事来。

　　"八千"的事究竟有多少"含金量"？能不能代表事
物的本质主流？想不想把问题弄清楚，是对实事求是作风
的考验，也是对"上海城市精神"的一回检测。

蓝天下的欢乐颂
——献给上海世界特奥会

　　街头彩旗飞扬，特奥宣传画上的标志"眼睛"闪动着光芒，体育场馆内洋溢着一派喜气。经过五年紧张有序的筹备，今天，2007 年世界特殊奥运会终于在上海隆重开幕了！这是全世界智障人士、残疾人的重大节日，是上海乃至全国人民生活中的一件盛事。它表明，融入世界的中国，正在各领域事务中发挥着应有的积极作用。

　　"你行我也行！"对于正常人来说，这句话也许并不是特别出彩，然而对身有智障的运动员，这无疑是一句撼天动地的口号，喊出了他们不向命运低头、身残志不残的自强不息精神。一颗颗纯真、美丽的心灵，让整座上海的"眼睛"为之一亮。

　　中国将通过这次特奥会，从上海向人类传递"平等、接受、包容"的现代文明理念。同时，宣传我们关心弱势群体、着力解决民生问题的政策举措，向世界展示中国改革开放的辉煌成就、社会稳定的良好局面、中国政府和中国人民崇尚和谐、追求发展、热爱和平的形象。我们还将以此为契机，进一步推广特奥运动，切实做好残疾人基本生活保障、技能培训、就业服务、残疾预防和康复、教育文化等权益保障工作，推动残疾人事业又好又快地发展。一句话，本届特奥会对今后我们服务智障人士、残疾人的工作将会是极大的促进。

祝上海世界特殊奥运会办出上海特色，办出中国水平，办出国际声誉。祝智障运动员们本着"重在参与"的平和心态，赛出水平，赛出 风格，，赛出 精彩，奏响一曲献给蓝天下所有生命的"欢乐颂"。

我们相信，2007 年特奥会必将以一种特有之美，永留在上海的记忆里。

体内脂肪可随便"甩"吗

前一阵子，一只"甩脂机"通过"电视购物"几乎把整个大地都甩动起来了。煞有介事，说是可以让皮内脂肪"燃烧"而排出，迅速减肥，实现健美。我当时就想，这样好吗？如果是肯定的，何不利用"甩脂机"的原理，发明一种类似于洗衣机脱水器的东西，人往里面一躺，开关一按，呼啦呼啦，不就可以甩掉脂肪减肥了吗？荒唐！

但是，因为是主流电视，故颇具"引导"功能。我的一位朋友看着小肚子上装着"甩脂机"的倩男靓女，在屏幕上扭腰欢叫，听着解说员绘声绘色的话语，也动了心，准备一试。我劝他且慢，你不想想，体内器官哪一个不含脂肪？"甩"起来如何界定？震动得那么厉害，对五脏六腑就没有妨碍吗？

果然，有关方面出来"叫停"，从此"甩脂机"淡出屏幕，结束了对上当受骗者的危害。人们不禁要问，这玩艺是如何通过鉴定的？有关部门为何不早点出示红牌呢？——也许是在打盹。

规范市场秩序和净化广告环境，是老百姓所期盼的。以伪科学坑人者不能让其逍遥法外，为它"广而告之"者也难辞其咎。然而，媒体只认《广告法》，就拿"甩脂机"

来说吧，是看了符合《广告法》的"通行证"才让它上了屏幕的，责任在谁身上不言自明。有关职能部门应该把主要精力放在追查制假造伪的"源头"上，而不是放在追究媒体上，舍本逐末于事无补。

现在有些人在查"源头"上少有作为，而对"文字游戏"兴趣大得很。如，发现媒体广告中有枝节表达不妥之处，不是与人为善，促使其改正，而是抓住一点大做文章，随便给人家扣上"违法广告"帽子。非以理服人，乃以力压人，实在不可取。在此上，检验着他们的社会责任心，有没有实事求是精神，是不是出于公心。

善良的人们，警惕噢！对"权威鉴定"不可全信，当心被"甩"得太远。

感恩也是一种互动

汉川大地震过去一年多了，上海广大医务工作者对灾区医疗方面的后续努力，多种渠道多种方式，始终没有停止过。4 月中下旬，上海宏康医院院长带领医疗小组，从重灾区接回四个伤残孩子，在为他们整容重塑美丽的同时，医治他们的心灵创伤，让他们进一步恢复生活信心。

其中一位映秀镇小学四年级的孩子尚婷特别感动。她在给上海市领导的信中写道：我被埋在废墟下一百零一小时，获救后双腿截肢，左眼失明……来到宏康医院就像到了自己家里一样。和我一起来的其他三个小朋友，七岁的郭子益、八岁的袁屹英，头上的伤痕经过手术都看不见了。邓国平来时戴着帽子，现在额上那道大疤痕只留下淡淡的一条细印，他脱掉了帽子，笑得自信了……她还说，我和上海特别有缘，把我救出废墟的是上海消防总队的叔叔，为我整容的是上海的医生叔叔阿姨。尚婷一再感谢上海对她的救命之恩。

人们常说一方有难八方支援，是因为记住了中华民族是个大家庭；我们常说上海属于全国，是因为记住了长期以来全国对上海的支持。从中我体悟到，其实感恩也是一种互动。正如宏康人所言，改革开放的时代造就了我们，医院得到方方面面的关心和帮助，所以我们关注民生，坚持做些力所能及的事，是感恩时代，回报社会。为灾区奉献爱心，提供救助，拿出最好的医疗技术为受灾同胞服务，这是上海城市精神题中应有之义。汶川大地震从发生至今，一直牵动着上海人民的心。这里，笔者为获得医疗帮助的孩子们祝福，也捧上一束鲜花，献给代表上海人民心意的宏康医院医护人员，同时献给情系汶川的上海广大医务工作者。

互动的感恩是宝贵的精神财富。懂得感恩的孩子永远美丽，懂得感恩的人民永远美丽。

"大孩子救小孩子"

汶川大地震发生后的第三天，我在梅老伯家和他一起收看电视。滚动播放的画面上，年轻的解放军战士正奋力抢救废墟下的孩子，梅老伯激动地说："你看你看，这是大孩子救小孩子，多好啊！"老伯当兵的孙子也在当地参加抢险救灾，触景生情的话语包含着对自己孙子的褒扬。

难道不应该褒扬吗？国难降临的危急关头，"大孩子"们奋勇当先，很多人投身于志愿者队伍，从各地赶到灾区支援；不少人整夜在红十字站前排队献血，或捐款献物；数以万计的士兵和医务人员奔赴救灾第一线，山崩于前毫无惧色……这，就是"大孩子"们的精神风貌、英雄气概！

电视里有个镜头：一所小学的废墟里埋着数百名孩子，战士们拼命抢救，磨破的手套上渗透着鲜血。救出的孩子中有一名被埋了 60 个小时，最初几分钟还会说话——"我饿"，接着便昏迷过去，经现场医生全力抢救，最终没能活过来。战士们列队志哀，含悲而泣。队长边哭边说："对不起，对不起，真对不起呀！"看了、听了，我不由潸然泪下，为了那个孩子的不幸，也为了"大孩子"的自责传递于世人的那份强烈责任感。

梅老伯心中的"大孩子"，属于"80 后"。在大灾难考验面前，他们的井喷式热情，无悔地表达着生命的进行时。作为一代新人，"80后"不仅懂得如何在春天里生活，更懂得如何在突发事件中给予，他们身上的"中国公民精神"没有缺失。谁说他们心志低俗，只知道物质享受，不懂得感恩和回报，缺少社会责任心？那是以偏概全，那是把一部分人成长过程中出现的缺点无限放大，并套在了整代人的头上，除了不对还是不对！须知："江山代有才人出"，"不废江河万古流"！

温家宝总理又一次奔赴地震灾区，面对心有余悸正在复课的孩子，说了这么一番话：只要孩子们还在，我们的教育事业还在，我们国家就有希望！我觉得总理的话在理，意味深长。

谨以此文献给六一儿童节，祝"祖国的花朵"昂首怒放，也与梅老伯的"大孩子救小孩子"之说相应和。

"光荣"也是生产力

　　有位朋友的家庭,真是个深受人们敬重的"光荣人家",他自己、父亲、祖父,三代都是劳模。祖父曾经是纺织系统全国劳模,父亲当年支边,是所在省劳模,他现在是上海市劳模。他祖父和父亲在世的时候,我曾经对他们开玩笑说,原来劳模也会遗传。他父亲纠正道,是继承和发扬劳模精神,我希望他(指我的朋友)能接好棒,把劳模精神传下去。

　　祖孙三代都认定一个理:劳动最光荣。正是这种"光荣"的信念,赋予了他们进取心,激发了他们的创造热情,一代比一代事业做得更大、更成功、更有益于社会。从这个意义上说,"光荣"也是生产力,精神变物质,转化为生产力。如果"劳动最光荣"能成为全社会每个人都具备的观念,普遍以热爱劳动、奋斗创业、追求卓越为荣,以好逸恶劳、懒惰苟安、坐享挥霍为耻,由此汇聚起排山倒海的力量,那么还有什么困难不能战胜,中华民族的大业还愁不兴旺!

　　在一个崇尚文明的社会里,劳动并无贵贱,只有分工不同。三百六十行一行也不能缺。工人,让设计师的蓝图变为现实;农民,让国家"手中有粮,心中不慌"。工人和农民是国家得以稳固、发展的基石。那种"轻工、轻农"的思想是不可取的。而实际上，随着社会的不断发展进步，工也罢，农也好，其科技含量已然大大增加，今非昔比。目前，技术型蓝领在人才市场上供不应求，收入也相当可观。是的，每个人都有权利追求自己的人生价值，但必须根据主客观条件理智地设计人生坐标。头重脚轻、好高骛远往往一事无成。教育部门有识之士发出倡议："把中等职业教育办好，让孩子愿意去当工人农民，这样才能从根本上解决高考一条路升学的问题。"其实，办好中等职业教育，其意义还可以往深处想，它有利于转变社会上许多人轻视基础劳动的观念，社会将因人员的合理分流而变得更加和美、稳定。

从我朋友的家庭来看，三代人的学历都不高，祖父初中，父亲高中，他本人原本只有"职业技校"，与时俱进，边工作边学习取得了大本学历。一家三代笃信"劳动最光荣"，不舍不弃，各自为社会贡献力量，让我始信："光荣"也是生产力。

2008·8·8

　　2008·8·8，一个歌吟动地的好日子。从今天起的 17 天里，北京闪耀于世界舞台的聚光灯下。我们追梦成真，首次当上了奥运主人，与全球共舞！

　　中国之于奥运，曲折起伏，"路曼曼其修远兮"；奥运之于中国，冬去春来，"心拳拳而协和兮"。大家共同印证：奥运的凝聚力在于摒弃歧视，本色在于公平竞争，其使命在于推动和平与进步。

　　时间是戏剧大师。"双刘"（刘长春、刘翔）的出现，似乎是"天作之合"。1932 年，第十届奥运会在美国洛杉矶举行。我国短跑名将刘长春颠簸了 23 天才抵达洛杉矶，身心疲惫，止步于复赛之外。事后，有西方记者撰文《刘长春——代表四亿人口的惟一运动员》，在美国报端粗声质疑："中国人也会跑吗？"极尽嘲讽之能事。2004 年，第二十八届奥运会在其发祥地雅典上演。参赛的四百余名中国运动员龙腾虎跃，赢得了荣誉、尊严和友谊，赛出了中国人民的精神面貌。刘翔意气风发，打破男子 110 米栏奥运纪录，夺得金牌，整个东方体坛为能跑的中国人扬起欢呼。

　　感谢"中国奥运第一人"刘长春，为日后炎黄子孙架设了奥运桥梁；感谢"亚洲飞人"刘翔，为中华民族在奥运田径史上绘下了绚丽一笔。

书不完的春秋长卷，说不尽的沧海桑田。回眸中国百年奥运之路，从"东亚病夫"到东方巨龙，从多年与金牌无缘到2004年位居金牌榜上世界第二，我们有艰苦，更有辉煌。事实证明：体育是国运的标杆，国敝而体育不济，国盛而体育雄起。追怀往日，更加珍惜改革开放、构建和谐的今天。

中华民族坚强且智慧，"更快更高更强"的超越是永恒的旋律。一手抗震救灾、发展经济，一手高水平高质量筹办奥运。奥运圣火登上珠峰，那是13亿人托举的骄傲；"水立方"明媚多姿，那是中国人民筑起的"志立方"。中国人民善良且诚朴，信奉"天下大道"是悠久的文化。绽放真心笑容，敞开博大胸怀。"鸟巢"百鸟振翅，那是不同肤色的体育精英在竞技；青岛港浪激有声，那是来自五大洲的"弄潮儿"在操帆比试高低……信誓天安门，倾情长城根——"绿色、科技、人文"，北京奥运无疑是一次"国家品牌"的精彩亮相，定然是一次令人难忘的体育盛会。

200·8·8，把中国人的一诺千金录进奥运记忆，把"和平、友谊、光明、希望"写上属于全人类的蓝天！

五一节与世博会

　　五一节应该感谢世博会。为什么这样说呢？因为世博会是五一节诞生的"摇篮"。随着世界工业化进程的高速发展，产业工人大军的涌现，人们开始关注劳动者的权益问题。1889 年，在法国巴黎世博会上，与会的有识之士和举办方达成了劳动者权益必须受到保护的共识，经反复商议，做出了以每年的 5 月 1 日作为国际劳动节的重大决定。

　　尊重劳动并保护劳动者，其本身也体现了文明。众所周知，世博之宗旨在于展示世界经济、科技、文化等领域的最新成就，为人类提供交流与合作平台，而展示的哪一样成果不是劳动创造的！本届世博会上空前普遍应用的科技手段，不也是"劳动牌"的吗？所以，世博会之于五一节，可以说是"绿叶对根的回报"，是对创造物质和精神财富的劳动的肯定与颂扬。据此审察，中国 2010 年上海世博会定于"黄金时间"五一节开幕，可谓深知人类文明之真谛。

　　自古以来，劳动始终是人类文明的驱动力。人类在劳动中前行，在探索中进步，不畏艰难险阻，不舍春夏秋冬，其文明决不会停留在已有层面。上海世博会既是世界各国各地区在城市化进程中勇于、善于创造现代城市文明的一章史诗，又是人类未来生存理念、生活方式的一次示范性预演——其亮点之一"世界最佳城市实践区"的设置，抱紧了上海世博会"城市，让生活更美好"这一深刻主题，在世博史上没有先例，它所倡导的绿色低碳，势必引起广泛的关注和动心的向往。

我们正在向世界呈献一届成功、精彩、难忘的世博会，让世人领略当代杰出的文明成果。在中国的土地上办博乃是中国人民的百年期盼，如今梦想成真于上海。赏不尽魏紫姚黄，诉不完怡乐情怀。这是 189 个参展国、57 个参展国际组织给予我们的信任与支持，这是整个中华民族的骄傲，这是上海人民的荣耀！

劳动创造世界，世博展示世界。向五一劳动节致敬！为上海世博会喝彩！

看着他们长根

时序因有"节"而变得值得期盼和可以把握。

多年来，每当重大节日行将到来，单位里总要组织一次大扫除，今年"五一"也不例外。我的"绿化角"因疏于料理，花草有点病恹恹的，少了精气神，其中一瓶剪枝水栽植物叶子枯黄，成团的根须黑黝黝的，玻璃瓶不再透明，瓶中水显得浑浊。我明知它已经不行了，但舍不得放弃，因为我是看着它如何从离开母体后坚强地活下来的，它的根早已缠住了我的情感。花草有生命，尽管一直默默无语。它活得不好，"环境"使然，而责任在我。

"上头要来检查的，不能影响集体！"同事提醒我。于是，我终于不得不放弃，给瓶子注入新鲜的水，重新插上几株。约摸过了一周，但见它们浸在水中的部分，从茎节处试探着绽出许多半粒米大小的根芽来，三五天后，根芽变粗变长，又壮着胆子伸出去，渐渐成了根的模样。又过了数日，茎节以外也有根芽破皮而出，经历了同样的过程，也纷纷长成了根。透过玻璃内的清水，所有根的细节都看得真真切切。啊！它们活了。

一日，来了一位小老乡，望着瓶内的新生根似有所思。五年前她考上了华东师范大学，修完学业后想在上海"长根"。我问她，你看出了什么来着？她说，茎节上的根长得多、长得好。稍停，接着说，其实人生也是有"节"的，除了年龄上的"节点"，机遇也是"节"，要及时抓住，错过了就难以"长根"……她的观察力和悟性真的不错，无愧是当年家乡的文科高考状元，一席话也泄露了她储藏已久的心思。

我借原先瓶中的植物因得不到适时换水而致衰亡的事，说明"环境"对生命之重要，进而引申到改革前后上海"环境"的变化。她听了更有感触，是呀，二十几年之前，外地人想在上海谋职"长根"有多难，一批批被"送"出城去，时过境迁，如今大不一样了，真的是"海纳百川"。

小老乡举了一个实例。她有一位大学里的女同学，是福建某市某小岛上的人。那小岛过去极为闭塞落后，岛上的女人没有什么地位。丈夫发脾气教训妻子，往往把妻子吊起来打，她的父亲也做过这种事。她能考取大学，可说是从石缝中冒出的一枝花，非常不容易，靠的是自身的坚忍不拔、发奋努力。我说，也不能忽略了岛上生存环境的逐步改善。

小老乡动情地说，就是初夏这个季节，我曾经去过那个小岛，那里的土质很差，然而就在那么贫瘠的沙地上，长着一种花，真好看，金灿灿的，满地都是。问我的同学这叫什么花，连土生土长的她也说不上来。她只知道，这种花，适应环境的能力特别强，根扎得特别深……去年，小岛养育的姑娘在上海考上了公务员，终于有了一份相当不错的工作。我插话道，是啊，"物竞天择"，适者生存。

生活中，能在他乡"长根"的人，都是跨越沟坎的强者。小老乡点点头，把嘴抿得紧紧的，像咬定了一个主意似的。我想这位同学已经成了她的精神偶像，给了她在上海"长根"的力量。

看着一批批外来人融入了都市，蓬勃的生机点燃了一盏盏信念之灯，照亮了自己，也照亮了城市，不由打心底里为之高兴。啊，多一点爱心与兼容，不断"换水"优化环境，让更多的生命在这里生根、开花、结果吧！

一座城市，将因此而变得更加美丽、更加高尚。

雨后

"立秋"都过去半个月啦，仍不见秋"立"起来。市气象台凿凿有言，上海气象学意义上的秋天，必须是连续5天气温不超出22摄氏度。

那天凌晨，暴雷复暴雨，乖戾诡谲，其天象气势哪像柔肠之秋。来上海求学、工作这么多年，今年的雷霆数量之多、当量之巨属于首见，不知究竟是什么缘故。这豪雨大概就是被杜甫称作"鸣雨"的那种雨吧，直打得窗外雨篷喤喤然如钟鼓鸣。

雨后约莫过了一个时辰，天放亮。推开窗换空气进来，承认有点儿清新，但体会不到"一雨洗残暑，万家生早凉"的感觉。看来秋仍在局外，还有闷热在后头。

然而，天意苏群物。这场有惊雷无疾风情状的雨，毕竟还是做了一些有益的事，它把马路冲干净了，无尘可扬；它把公交车辆的背刷清爽了，像簇新的一样；它把老式民房的瓦沟涤清洁了，比似铺设之初；它把眼前的梧桐树洗醒了，万叶欣欣的绿；它把百米开外公园里的树木拾弄了一番，让风筝在绿色上空愉快飞翔。这就是雨后我凭高楼之窗所捕捉到的，烦襟不由为之一开。细察之下还发现，路边梧桐树繁茂的枝梢上，绽尽了嫩叶，春得很，毫不"知秋"呢。

城里经历大雨洗礼之后我想到，都说"七月天雨金，八月天雨银"，然而偌大的雨如果落在乡间田畴，该是怎样的情景，庄稼怎比钢筋水泥，不会那么太平吧。少小离家，已经不谙具体农事了。但是我一直牵念农人的疾苦，无法忘却生我育我的农村。我的命运与他们息息相关。

记起的还有当年在家乡参加高考，全国统考的作文题就是《雨后》。面对试题，马达在一秒钟里启动，思考，审题：这"雨"肯定是天雨，家乡每年屡有台风夹着暴雨肆虐，风猛的时候，走在田埂上都会被刮倒，乡亲们如何抗灾自救历历在目，这不成问题；但必须"联系实际"，把文章做在雨之后。是时国家遭遇特大困难，正可谓"暴雨成灾"，命题者不就有这种隐喻吗？于是我借景抒情、状物言志，规定时间未到，就把《雨后》写好了。提前交卷，底气十足地离开了考场。据说作文得了高分——我相信这不是"客里空"，否则大学新闻系是懒得要我的。事后家乡有人说我"早慧"，其实这是特别讲政治的年头教会了我。不过，话得往回说，虽然时代不同了，"文以载道"是不变的，或巧隐于字里，或略露于行间，骨子里总要有精神的东西在。纵是写风花雪月，也应明白文字的担待，有所取舍，其中不也有一种"道"吗？

大凡"道"一旦积聚而成了气候，其力量不可估测，对于社会，对于现在和未来，但它不像雨，往往是无形的。"正因为无形，潜移默化，而更显其神妙，甚至能够左右个人和群体的永久走向。"

百年一遇的雷暴雨，没有让上海分毫萎靡。红绿灯依然不知疲倦地换跳，过街的朵朵伞花依然流动着美丽，大小商店准时开门，科技园区实验室的灯光准时点亮……该上班的人们照常上班，该飘扬的旗帜照样飘扬。看得见的是和谐有序，而整体市民遇事从容的应变能力，则是需要从长期形成的城市精神层面去触摸的。

气象学意义上的秋天，过一日近一天。等到秋真正地"立"起来了，走进绵绵秋雨，人们却可能会慨叹时光飞逝，人生易老，一年的收获无多。是呀，只有珍惜每一天，把应该做的事情做好，做到自己满意为止，让时间的梧桐树多长出几枚新叶来，才心里踏实，尽管前方总会有黄叶谢秋在眈候着。雨后，我不甘"迁后"。

与文学青年 E 的对话

　　我预先泡好一壶铁观音，对话之前给 E 斟上一杯。E 啜了一口，嫌淡，于是我又往壶里投放了些许茶叶。E 说，喝茶我不计品种，什么茶都能接受，但要浓的、够刺激的。

　　其实，我对他并不十分了解，编发过他的数篇千字文，偶尔听到"圈"内人关于他的一些议论，去年圣诞节寄我一张贺卡，附来一封信，表达了他的追求，倾吐了他的苦闷，就这些。

　　尽管是初见，E 却一点也不拘束。早前我在青年报当编辑，经常约请作者，一个个都是拘谨得很，非请不落座，谈稿子的时候满脸虔诚模样。改革开放，经济活了、人活了，社会活，国家活，一活百活。活泼成自然，就像眼前的"80 后"E。我自己也不知不觉"入乡随俗"，在人际交往中不会去计较沉重的礼数。

　　交谈是平等的、聊天式的。

　　我：谢谢你对我的信任。我仔细读了你的信，知道你的心迹。最近在忙些什么？

　　E：自控时间，不算忙。修改一本小说稿，还抽空学开车。我已经备足了买车的钱，自己赚的，不靠父母。

我：你爸爸还那么敬业，公司还那么帅气吗？

E：成天只知道挣钱挣钱，在他看来钱越多越风光，用起来却把一分钱看得比太阳还大，还催我成家，老脑筋，早生贵子，烦透了！

我：你很率真。允许我刺探一下，写的小说是什么题材？

E：对你不保密，以我父亲为原型。

我：文学艺术必须面向人生，成为有血有肉的"人学"。推动时代前进的人物往往就在身边，就在看似平凡之中，需要你去发现，潜入他们的内心世界去挖掘并加以展现。要着力反映时代本质，才能写出社会意义来。

E：这点我已经注意到了。父亲是时代的产儿，我写他的理想、创业史，写他处理家事的得与失、悲欢离合，同时也写他的局限性和两代人观念和理念上的碰撞。突出人性和曲折，很有细节的……

我：你看过电视剧《士兵突击》了没有？

E：看过，很感人。塑造了一批真正的好男儿，他们是共和国的脊梁！导演的水平很关键吧？

我：当然很关键，但剧本创作是基础，还要加上演员的角色能力……我以为，一个国家要赢得世界尊重的目光，不但要有经济、军事和政治实力，还要有文化支撑。只有向世界提供一份出色的"文化图谱"，才能让外界真正认识、认可你。

E：对对对，光有企业家、生意人是不行的。文化是一种"软实力"，少不得的……我很想知道你眼中的我是什么模样的"角色"，能不能描述一下？

我：你对生活的态度是认真的，有追求、有热情，这些都很可贵。现在宣传媒体对"80后""90后"的评价、定位有失偏颇，放大了少数人的个性特征，让社会产生了许多误解。

E：你能理解我们。我本可以跟着父亲做公司，衣食无忧，也可以减少矛盾，但我不愿意坐享其成。我选择了文学这条路，就意味着对社会的一种担待……我在广告自己，让你见笑了。

我：不，说得在理。随便问问，听说你对文学前辈公开发表了一些不恭敬、甚至是出格的言论，有没有这回事？

E：话是说过，但我认为没有出格。其实我并不是一个狂妄的人，我内心是尊敬前辈作家的。在我成长的道路上得到他们当中个体的帮助。我自知难以与"高墙内"厚重的既有氛围合拍，所以我情愿做一个"游牧写作人"。再说，我身上有不足、有缺点，又有谁来找我谈过心呢？我生性认理，不在乎指责。像余秋雨这样的名家，也有人挑鼻挑眼，更何况我们这些小字辈。我看倒是解放日报好，慧眼识珠，聘请他当艺术顾问，文学团体也应该有这种宽容的气度。

我：作为社会人，都有个选择和被选择的问题。宽容是一种美德，宠辱不惊是一种境界……曹雪芹、高鹗是那个时代孕育的，但他们的成就是伏案青灯的结果。在文学巨匠面前，谁越骄傲谁就越显渺小……我们只是交流交流，作为共勉吧！

　　一番对话，使我对 E 有了进一步的了解，也许让我了解的是整整一代人。正如铁凝同志所说的："每代人都有自己的心事，彼此又不尽相同。因为对文学的爱和不放弃，使他们之间、我们之间有了相互珍视的情感和愿望。"对文学青年而言，既要敢于创新，又要善于在继承中创造。我相信，他们最终会长大成才的。"江山代有才人出"，"不废江河万古流"。中国的悠悠文脉不会断裂！

　　E 说铁观音好香，够刺激。我说香从茶出，更随心生。

前行队伍中的大卫

"文献名邦"莆田，常有令人高兴的为文雅事。

犹如荔枝红透龙眼黄，接着茬儿上来，郭大卫又要出书了。书名定为《滨海拾缀》，让我想起少年时代反复披览，以至于把书皮都翻破了的一册书——《艺海拾贝》。那是散文家秦牧著作的。异曲同工的书名，以"拾"结集的内容，体现了作者郭大卫的一种自信，也是对自己辛勤笔耕果实的珍惜。

得益于书香门第熏陶的大卫，生活上甘于平淡、朴素，一件衣服可以穿上八九年，而写作上却不甘寂寞与平庸，不辱作家使命，已经出版了散文随笔集多部。写人和事，记山与河，还评论生活中的种种现象。每篇都精心，每书皆有彩。

这不但要有驭字谋篇的功力，丰富的生活和知识积累，还要具备过人的精力、坚忍不拔的意志。他就像米开朗基罗创作的那个"大卫"，充满旺盛的生命力，沉着、刚毅，总听到前方有个声音在召唤。所不同的是，那个大卫手中握的是投石器，注视的是敌人，而这个大卫手中握的是笔，注视的始终是"自己人"。

纵览书稿，《滨海拾缀》是一本文学评论集。笔触涉及小说、散文、诗歌和杂文。他将"贝壳"分类拾来，逐一细加鉴赏，而后道其然，说其所以然，更表其价值的实然。站位独特，眼光具有穿透力。

以他的《一幕荒唐与阴谋的演绎》（读沙尘长篇小说《毁灭》）、《鲜美而幽婉的华章》（章武散文集《东方金蔷薇》赏析）、《荡气回肠的世纪礼赞》（品读林春荣长篇政治抒情诗《中国季节》）三篇文章为例，即可窥斑知豹，了解他评论的涵盖性与切要点。

现就郭氏三文展述如下，姑且定义为"评论之评论"：

对任何文学作品和文学现象的评论，都不可游弋于文学的本质和特点之外，但不是为评论而评论，应该有明确的评论指向，大卫明白并切实做到了。

评小说。大卫紧紧抓住了特定环境里的灵魂，以及灵魂随境漂移乃至嬗变的情状。《毁灭》中的风云人物一号主人公曾经是勤劳朴实的"知识农民"，能挑重担的热血青年，工作后显露才华，受器重而走上领导岗位。然而，在社会烟雨变幻中迷失了方向，不可为却妄为之，不可得却贪得之，最终堕入罪恶深渊。大卫评述道："作者的巧妙安排与处理，使不同人物角色糅入小说的情节始末，激起读者对犯罪分子的憎恨，对不幸者的悲悯与怜爱。"进而疾呼："一出又一出戏剧性的利害冲突"，主人公的沉浮与不齿，"给人以尖锐的警示！"大卫不仅是在点评小说得失，而且是在生活的背上敲击出声音来，提醒人们好生守护精神家园，不可泯没做人的良知——这是文学评论理应担待的社会责任之一。

评散文。大卫拽住一个"情"字不松手。今昔人事里的情、山脉水褶里的情、各种氛围里的情、心灵深处的情，那种连血带肉的真情！《东方金蔷薇》是章武先生的力作，笔下有李白、杜甫、陶渊明、苏东坡、于右任、徐霞客、冯梦龙、鲁迅、朱自清、张大千、丰子恺、聂耳、郁达夫、巴金、冰心、茅盾、郭风等等，多为我国创造非物质文明的巨匠。大卫细察"天机"：章武先生是倾情用心的。于是说道，他不是把所见所闻一一罗列，而是有所选择，或缅怀历史，抒发情感，或触景生情，借往鉴今，而且是自己"登台表演"，"一路走来一路歌"，宣扬中华传统美德、优秀文风。指出，章武对这些文化名人怀着"敬畏之心、感恩之情"，感谢他们"烛照并润泽我心灵的山山水水"。评论散文，牵出并扬起一个"情"字，不事空洞、阿谀的夸张，乃为稔知了散文的真谛。

评诗歌。大卫把握了诗歌的主要元素：言志的由衷，意象的营造。《中国季节》是一首政治抒情长诗，寓意地写了中国的"春夏秋冬"，以"季节"为纵，以中国共产党曲折跌宕、走向辉煌的历史为横，纵横捭阖，上下驰骋，"是一部二十世纪的时代礼赞"。评论中，对诗人的独特感悟，艺术心语；排比形式，比兴手法；抑扬语脉，顿挫节奏等，皆有比较准确的评述。对该诗意象的深邃、灵动，言志的自然、豪迈，文学地得出结论，予以充分的肯定。大卫的脉搏和诗人齐跳动，激情与诗人共澎湃。这无疑是一种缪斯的气质。

这种气质的形成，除了天赋因素，跟他向来关心政治，坚持修炼精神文化涵养不无关系。凡是社会人都离不开政治。那么政治又是什么呢？通俗讲，"政"就是众人的事，"治"就是管理，管理众人的事就是政治。政治的根本使命在于让人民得到幸福。因此，能够在实际上为最大多数人创造最大幸福的政治，便是最好的政治。不问政治，实际上是思想的自我禁锢。思之不勤，创作上就难有大视野、高标格。文学评论者关注国家命运，关注民生，有利于准确把握作品的倾向性，有利于判断它对社会将产生何种影响，才能真正懂得施墨的方向、落笔的轻重。读了他以前出版的书和这回给我的新书稿，我发觉他的"内存"很丰富，需要什么就能抖出什么，所以评小说、评散文、评诗歌，都是那么从容，那么得心应手，且言必中的。

郭大卫在关心政治方面是很勤勉很出色的，是一位称职的政协委员、名副其实的文史工作者。他格外关切家乡莆田的文、教、卫、体诸事，每年的提案都引起了相关部门的重视。一片拳拳赤子心啊！

令人感佩不已的是，大卫忙里偷闲，很愿意接触小字辈，共同探讨人生、品文论艺。像陈秋钦、曾少敏等一批莆田文学新人，都成了他的朋友、关心的对象，殷然视为己出。谁说情冷江河，人间仍有热心义胆在！大卫说，读他们洋溢着青春气息的作品也是一种学习与吸收，和他们交往使自己变得年轻。从大卫身上我悟出一个道理，莆田文艺界之所以人才辈出，持续向荣，与文学长辈的传帮带、热忱提携是分不开的。长辈谦虚豁达、平易近人，就能去掉"代沟"，小辈就敢于趋前讨教，身心、创作双得益。

莆田文联、莆田作协、《湄洲日报》副刊部和莆田文学院也常有扶掖写作新人之举。那是润物细无声的潇潇春雨，是另一种"集结号"。

活跃于壶兰沃土的大卫，总是那么精神、那么敬业，到处寻觅"拾缀"，或叩问传统，或踏访现实，"左右逢源"，有着写不完的题材。受他启发而忽生联想，有道是——并非有水的地方都有青蛙，但有青蛙的地方总会找到水，如果把写作人比为青蛙，那么这"水"就是养身乳汁、健笔墨液！我是很乐意做青蛙的，不厌捉虫护庄稼，蛙声有韵报丰年。不祈显赫，但求有益。不慕奢味，但向清香。噫嘻！岁月匆匆催华发，惟有兴趣未曾减。我和大卫一样都离不开写作，这也许是命中注定。

文行至此，依我的性格，有一点也注定的要与大卫进行交流。大卫因能写一手好字而拒绝电脑，其实，用电脑打字不会影响掇拾书法，两桩事可以并行而不悖。本人原本对电脑也是很排斥的，几十年手写习惯成自然，好像没有改弦更张之必要，后来上了电脑，走过不长的"磨合期"，渐行渐远而熟能生巧，终于发现电脑是写文章的好帮手，"快捷灵"，能够提高写作效率，改动极为方便，且清清爽爽，别人读起来也轻松。何乐而不为呢？下个决心就行，真的。天下无难事。不妨将可以无穷流转的电脑也视为滋润写作之"水"吧。

莆田的确是一方灵秀之地：荔枝红透龙眼黄，枇杷熟后橄榄青。妈祖舒袖向海望，田畴敞怀亦多情。铁路将从城外贯，"手无寸铁"待刷新。湄洲海湾深且宽，阳光挂帆波跃金。

　　勤劳、聪慧的父老乡亲正高举继往开来的旗帜，聚精会神描绘"西海岸"，创造更加美好的明天！也将为执著文人提供更多更好的写作素材。

　　前行队伍中的大卫值得我尊敬。相信多才多艺、自强不息的大卫能永葆艺术之青春。

　　冗繁如斯，权且为序。

　　（此文系为郭大卫所著《滨海拾缀》一书所作的序言）

潮声中走出一条明白路

一年多之前就获悉顾雄先生在潜心写书，而且取了一个富有诗情画意的好书名：《听潮》。昨日，他来电告诉我书稿已经杀青，即将付梓，并急切嘱我写个序。我立刻就接受了他的信任，没有半点犹豫。

接听他电话时，有位北京编辑正在和我说事，约我写一篇关于中国 2010 年上海世博会的文章。说是她在八达岭脚下读到我世博会开园当日发表于新民晚报的随笔《五一节与世博会》，料必我对世博会非常了解。"非常"不敢，"有所"则可以言，因为自去年以来，我一直在跟世博文案打交道。

恰巧顾先生一骨碌把《听潮》向我推来，马上使我的思路与黄浦江、与世博会链接起来：眼下，黄浦江金波叠涌，两岸正书满了世博的不眠诗行。这真是一个鼓舞人心的金色年华！我得令而奋勇，心思自分两处：一半给那篇约稿，另一半就给了这篇序言。

生机勃勃的伟大时代，总是春色满园关不住；潮流澎湃的激情岁月，总有明志崛起的先行者；呼啸奔腾的雄壮行列，总有扬鬃奋蹄的"领头马"；高高低低的千百条路，总有智诚者选中的路一条。

《听潮》首先是一本书，同时又是一腔可以公开倾诉的情愫，也不失为一条可以通过实践层面理解，从艰辛中收获慰藉的成功之路、明白之路。而闪烁于"民营公益性"之间的克己奉公情怀，则是定位在这条路上的灼灼音符！

这是一本颇有底气、正视现实的书，翻阅书稿，如闻潮声，洋洋十余万字传递着时代的跫然足音；这是一本关注民生、很有细节的书，掩卷而思，似见其人，拳拳一拨医界人演绎着感恩与回报社会的赤子情怀；这是一本放眼全局、求索八方的书，纵横捭阖，权衡利弊，漫漫医改路承载着黎民百姓的几多企盼。

本书一号主人公董事长苏元族，把"生命的意义在于多做有益于社会的事"作为人生格言。在改革形势下闻潮而动，征地自建医院大楼，荟萃医士精英，创造了民营医院的诸多第一；在考验意志的岗位上，攻坚克难，落实治院方略，弘扬奉献精神，使宏康医院成为上海民营医院的一面旗帜；在头绪纷繁的事务中，坚持综合素质培训，把员工的心凝聚在提高医务能力和服务品质上，树立了崇尚科学、求真务实的好院风；在爱心涌动里，体恤民情，规范从业，遂使宏康医院成为病家口口相传的放心医院。因为，他记住了医院是"义园"的同义词。

本书作者顾雄，从事文学数十载，写作态度十分严谨。为了写成此书，他不辞辛劳，一次又一次深入医院和社区，直接与采访对象交流、沟通、探讨，同时仔细阅读国家关于医改的政策，认真考察医改走向和医疗动态，审视宏康医院于广阔之大背景，从而对它有了比较准确的价值定位。

不事虚构，不随意拔高。因为，他始终没有忘记这是一卷报告文学。

在颂扬先进单位和优秀人物的时候，耳边经常可以听到这么一句话："祖国不会忘记你们，人民不会忘记你们！"这家综合型医院，切实解决了四百多号人的就业问题，并坚定走"拓展民营医院公益性"之路，兢兢业业做出救死扶伤的成绩，人民怎么可能忘记呢！众有共识：无数"小家"汇为"大家"而成国家。如果中国所有的民营企业家都能以关心群众冷暖疾苦为本份，以促进社会共同富裕为己任，每个企业都凝聚了四百颗乃至更多的心，那么和谐之声将演奏出更为美妙的乐章，幸福之花则将开得更多更盛更艳！——这，就是民营经济不应该被忽视，相反，必须得到尊重和支持的理由。

毋庸讳言，遮遮掩掩也不是笔者的风格，有的长辈父老、兄弟姐妹对民营企业总是不看好，信不过，令人疑惑成坨。根据我的"评估"，其实这属于"以偏概全"范畴的一种框限意识。君不见，汶川赈灾，第一个装备重型机械冲进废墟的就是民营企业；君不见，玉树救难，又何曾少了民营企业的身影；君不见，黔东南偏僻山村里那两所像模像样的卫生院，就是宏康医院斥资帮助当地建造的；君不见……无数事实证明，伴随时代"潮声"从无到有从低到高从弱到强一路走来，如今的大多数民营企业是好样的。他们的德行善举，表达了对至高无上生命的敬畏与尊重。他们的道义铁肩，奋力托举起一个脱俗明净的神圣世界。

　　那么，做得离谱的有没有呢？有的。就是对这样的民营企业，一般来说，也应该"一分为二"地看，以"一事一处"为宜。试问，别种所有制性质的单位中，难道就没有离谱的情况发生吗？这里决无针对谁的意思，只不过客观地提出一种现象供大家斟酌，也许会有助于共同把握事物的主流和本质。笔者以为，问题的关键在于有无坦白襟怀，是否具备对社会的担待心，能否做到不违背人民群众的意愿，任何企业都是如此。所以，我们对待两者要一视同仁，切不可偏心偏袒。一个"公"字千古流芳，一个"民"字万世之本。我深信不疑，广大老百姓对"民"字是特别亲近、特别有感情的。

　　一言以蔽之，民营企业是改革开放大潮在广袤的神州大地上催生出的硕果，也是人民共和国襟上的璀璨明珠。它们的成长壮大利国利民，一起加以爱护吧！

　　不可避免地要说及医改。这是一件极其复杂而重大的事，复杂在于有长期历史遗留的问题，也有相互制约的现实矛盾，这些问题和矛盾姑且就称之为"系铃人"；重大在于关乎民生，而"民生乃固国根基"、可持续发展动力的"孵化器"。我们是最大的人口大国，医改的压力也就最大，任重而道远。而随着中国经济力的逐年增强，人们对扩大福利面的期望值也加大了，这种期望必然会反映到医改上头来。故此，我们要直面时势，观念上与时俱进，实践上勇于探索。纵观世界各国，都在依据自己的国情从事医改，谁都不敢说做得最好，已经尽善尽美。我们无疑往前跨了一大步，而且正处于调整和完善的进行时。虽然困难多多，但是应该相信，最终会开辟出一条"经过筛选，相对平衡，体现亲民"、具有中国特色的医改之路。为了少走、不走弯路，窃以为有两个必须坚持：一是实事求是；二是以民为本。在此上，笔者冒昧进言：请珍惜并用好民营医院这块巨大的医疗资源——要知道，这可是"一张好牌"啊！

"此行何去问涛声"，问了涛声走大路。作为宏康人，《听潮》是对既往的回眸，又是对未来的展望；作为文学人，采访、写作的过程，也是察看世态、开阔视野、接受精神洗礼的过程，对今后的文学生涯有着指引性意义。

相信作者笔下的所有主人公会无怨无悔，做得更为出色；相信上海宏康医院将不负众望，更上一层楼；相信广大读者、特别是全国医界同行，会从宏康之路得到有益的启示；也相信作者顾雄会继续在"听潮"中感受时代的脉动，写出有利于净洁心灵、有利于点燃希望、让人眼睛为之一亮的新作品。

人民寄托千钧重，良质美手看今朝。莫道前路无险隘，励志扬鞭在题中。谨以此共勉。

是为序。

写于 2010 年 7 月 1 日上海世博会壮观之时
（此文系为顾雄所著《听潮》一书所作的序言）

清香随我裁嫁衣

善意凿然无疑。多年前，曾有兄弟部门的头儿对我说，你是党员、编辑，多注意影响，最好身上不要喷香水。我如实相告，这香水是某位领导带团出国考察回来送我的。两人顿作盱眙，"哈哈"而过。我继续当我的编辑，也不摈弃香水。

小时候母亲给我挂"香袋"，今日当编辑的我自洒香水，无顾忌，始终视其为大自然的美好馈赠。心里呐在想，其实，香水只有男用女用之分，并无党派属性。

小时候母亲给我做"虎头鞋"，今日当编辑的我为他人做嫁衣。实际上，"编"和"采"多为内部分工之需。采编合一并不鲜见。在走出"文革"厄运获得新生、"老女归宗"从事新闻，先后涉足的单位里，压抑感与我无缘，到什么山上唱什么歌。每得闲襟，还去采些"花蜜"，回家熏制文学倾向的香干小文。

花开总有花落时。如今，我离开了常职，没有疏离的是文学眷恋。伏陋枥而自勉，名字还活在中国作协的花名册上，不可就此辍足。

回望编辑生涯，与纸笔同甘共苦，许多事挥之不去。

那还是在青年报的时候，有位作者来稿，附信说："不合要求就丢弃，别退稿。"不留联系地址。细看稿子，不错呀。于是只好将"寻人启事"与文章一并见报。后来该作者袒露心迹：如果退稿，同事知道了很难为情……三十一二年之前文章还是很"吃香"的，可谓"文价沸三吴"，能在发行过万的报纸上露面，社会必投其以青睐。不经意的"不看人头，只看笔头"，改变了一批青年文学爱好者的人生轨迹。在与来稿不停的厮摩中，我也开阔了视野，积累了知识，这实乃一种"双赢"。我感谢作者。

奉调到新民晚报新闻编辑部。感受改革脉动，体会同仁心香。我经手了关于浦东开发区的第一篇新闻稿。处理稿件时碰到一个问题，开发区的名字不清晰。可能是由于形势发展迅猛，无足够时间从容掉阖。有的同事建议叫"上海新城"，也有建议叫"东上海"的。最后请示市里，等了个把小时，才被告知就定下来叫做"浦东新区"。编辑们的观念由此得以加固：编发新闻要慎之又慎。特别是大事情，不能自说自话擅作主张。我感恩时代。

移动至"夜光杯"副刊部，除了编版面，我还负责编发"灯花"言论稿。部门氛围好，有商有量，且重视培养新作者，此乃办好事情不可或缺的要素，个人不过绵薄而已。"灯花"言论专栏，既要关注民生，针砭时弊，又要顾全大局，有利于安定团结，这是比较费神的。提出的问题尽可能要带有共性，近期之内一般不发同题材稿件。好在有社领导把关，"灯花"不曾零落，更没有闪失差池，始终是广大读者喜爱的香花。

"灯花"拥有可观的作者群。老作者稿件质量稳定，编起来较为省力。然而出于以上考虑，总不能来稿必登吧，因此就得花时间去做解释。有些来稿题材很好，舍不得放弃，但不符合"灯花"短小精悍的传统风格，或去半或删减三分之二，留"魂"去"赘"，这样的"减肥瘦身"往往把我拖进了八小时之外。有的作者频频赐稿，体恤其下岗的艰辛，帮他"改"出数篇刊发，仍然不满意。个别撰稿人，那稿件靠"洒香水"无济于事，救不过来的，没有采用，孰料竟来"硬"的，言辞直指我的人身安全。生活就是如此，世界变得精彩的同时也滋生了浮躁，各种情况都有。自以为平生肝胆因人常热，张三李四都是作者，能帮则帮，却还要领教愠色与怨恨，有时真的难以做到那么平静淡定。潇洒之于我，只是香水喷绘的虚拟情节，问心无愧才是真实慰藉。编辑"做嫁衣"的过程，的确也是阅读别人、"编辑"自己的过程呀。

踯躅一路，见证中华向春荣，无悔青丝随秋白。当初认真提醒我的那位仁兄也退下"阵"来了，一日邂逅，相看两不厌，表露的都是"散装"真性情。"你的头发更少啦，但是香如故。"他说。"习惯了呀，你看，香水让我神清气爽。"我戏言，"你知道吗，这香水是由九万九千九百九十九朵极品洋玫瑰提取的，是香水中的头版头条。香水性善、大方，不惜挥发自己让人们共享……"

哈哈！终得宽余。

脉之遐思

整理书籍，翻得一枚被我遗忘了的树叶书签，为早年中学里的同桌所赠。树叶是经过处理的，肉质部分的颜色起了变化，整体变薄，凸显了叶脉。记起来啦，同桌的母亲在山区一所中学当老师，教植物课，这枚书签就是他母亲做的。闻之，似有余香。

慨叹岁月不居流年难留之余，不禁以情系之。树有脉，人有脉，不同之脉，其功能皆在于扶持生命实体。再说了，人落尘世，养家糊口也罢，实现社会价值也罢，焉能没有"人脉"？

由一叶书签的筋筋络络想开去。脉，是贯通而成系统的，即所谓脉络。可不是？且看：泰山之脉，绵亘诗情齐鲁，昆仑之脉，纵横画意西北，各自逶迤成络；黄河之脉，长江之脉，加上无数河湖港汊，铺就中华大地一幅巨大的水之脉络图。这山脉，这水脉，功德在哪里？养人呀！"靠山吃山，靠水吃水"，没山没水只好喝西北风！所以，人类对山和水当勿忘感恩，要好些、好些，再好些，切不可弄得太脏太乱，否则它们喘不过气来，人类自身也只好去老中医那里号脉了。

把视线从山水之间移至文化上来，我们会发现文亦有脉。"语脉新奇"之说出自古人。刘勰在《文心雕龙·章句》里也说，"外文绮交，内义脉注，跗萼相衔，首尾一体"。刘老先生强调文章要有内在之脉，做到文辞与义理相随，才能上下前后贯通，浑然成文。再来看看无文不成报的纸质媒体，天底下难找无脉之报，只是脉有旺弱、清紊不同而已。一家成功报纸，从集成层面讲，并非内部"几根脉"忙得过来、撑得起来的，还要有作者、读者的"里应外合"，齐心织锦绣，戮力写春秋，需要一张共同铸就报纸风格的脉络；从传承层面讲，要把长期以来被社会认可的好文风、好报格继承下来，讲求"一脉相承"并发扬光大。文风贵"实"，"天南星斗空沦落"，"硬语盘空谁来听"，脱离实际不是好文风；报格贵"诚"，"苍生祸福心底事，雪中策马踏山行"，少了这种对人民的赤诚，肯定不会有好报格。只有群众觉得你可亲近、可信赖、可寄托，报纸之"人脉"方可聚而丰之。

在新民晚报创刊八十周年纪念大会上，报界友人私下里向我吹风，晚报有着光荣历史，如果将这两句诗配起来——"擎起道义千钧笔"，"飞入寻常百姓家"，不就把文脉提炼出来了吗？窃以为有点意思。又有人对我说，"文脉里有某种气韵流过"，是的，但我偏重于认可，报纸的文脉是一种已然形成个性特色的文风，而报纸的灵魂应该是起决定作用的指导思想。前者为后者提供成全性的支持，和血脉通过躯体对人的精神提供支持一样的道理。扯远了扯远了，莫笑我知之无多却一味地冒充"金刚钻"，而且调门还有些偏高。

　　"子在川上曰，逝者如斯夫！"抚摸陈年的树叶书签，百感交集。人活动一生，珍惜人际关系且善于打理的，遂有了"人脉资源"。及至暮年，逐渐淡出高强度奋斗行列，社交随之式微，这人脉资源也就不再需要那么浩荡，留下小股知己，还能促膝促膝，脉脉地注视着身边的故人，茶香中侃一侃报纸上的热门话题，随意间营造一点快乐，就够了。这是自然规律，谈不上"革命意志衰退"。

　　得赶紧给送书签的同桌同学写封信，对，写信比打电话好。

后记

　　由中国散文学会、上海作家协会和我所在的新民晚报社，联合为我举办的散文作品研讨会，对我的创作是个很大的鞭策，促使我继续前行，不敢懈怠。会后不久，就出版了散文集《手上阡陌》。2009 年初，甚至还早一点，又有了出这本《中国的圣诞》散文集的念想，但由于一心牵挂着老家和上海两头，所有来回奔波皆与老父老母有关，时间和精力都不允许，故未能如愿。今年之内是下了决心出这本书的，主观条件具备了，温暖的"东风"也吹拂到了身边。

　　孔子是一位大圣人，是中华民族的骄傲。如今世界范围内办了那么多的孔子学院，印证了孔子学说生命力永不枯竭。你想想，两千五百年前逐渐形成的一种思想，能够"与时俱进"，"中庸"而来，至今仍然管用，这无疑是先知先觉的大智慧，体现了规律的力量、原则的力量。

　　改革开放初期我在青年报当记者、编辑期间，就曾写过歌颂孔子的诗。而这篇发表在新民晚报上的《中国的圣诞》，乃是对孔子尊敬的延续，写作过程中，查阅了许多资料，慎重起见，也曾去电山东曲阜宣传部门，对他的诞辰作了核实，对有关史实进行了考证。文章发表于一个圣诞节的前夕，得到不少读者青睐，有两个文友还"吓我"，说我"在最好的时间节点上放了一颗中国式的彩色大气球"——我知道，这是因为孔圣人一直活在国人心中的缘故。

这本书的出版，得到了林非老师的关心，文汇出版社桂国强社长、竺振榕编辑，美术设计师任全翔先生的支持和帮助，在此一并深表感谢！

曾元沧

2010 年 11 月 28 日

图书在版编目（CIP）数据

中国的圣诞/曾元沧著.—上海：文汇出版社，2010.12
ISBN 978-7-5496-0074-8

Ⅰ.①中... Ⅱ.①曾... Ⅲ.①散文—作品集—中国—当代
②随笔—作品集—中国—当代③杂文—作品集—中国—当代
Ⅳ.①I267

中国版本图书馆CIP数据核字（2010）第225871号

中国的圣诞

曾元沧　著

责任编辑／竺振榕
装帧设计／任全翔　靳　伟
出版发行／**文匯**出版社
　　　　　上海市威海路755号
　　　　　（邮政编码200041）
经　　销／全国新华书店
印刷装订／上海港东印刷厂
版　　次／2010年12月第1版
印　　次／2010年12月第1次印刷
开　　本／890×1240　1/32
字　　数／225千字
印　　张／9.375（彩色插页2页）
印　　数／1–10000
ISBN 978-7-5496-0074-8
定　　价／30.00元